ज्ञान गरिमा के
70 वर्ष

भारतीय ज्ञानपीठ

णाणं
पयासयं
वीर नि.सं.
2470
भारतीय ज्ञा

पिछले पन्ने

(संस्मरण)

पिछले पन्ने

गुलज़ार

भारतीय ज्ञानपीठ

पहला संस्करण	: 2012
दूसरा संस्करण	: 2013
तीसरा संस्करण	: 2016

लोकोदय ग्रन्थमाला : ग्रन्थांक 1133

ISBN 978-93-263-5006-8

पिछले पन्ने

(संस्मरण)

गुलज़ार

तीसरा संस्करण : 2016

मूल्य : 180 रुपये

प्रकाशक : **भारतीय ज्ञानपीठ**

18, इन्स्टीट्यूशनल एरिया, लोदी रोड, नयी दिल्ली–110 003

मुद्रक : आर.के. ऑफसेट, दिल्ली

आवरण-चित्र व रेखांकन : अशोक भौमिक

आवरण-सज्जा : ज्ञानपीठ कला प्रभाग

PICHHLEY PANNEY

(Memoirs)

by Gulzar

Published by

Bharatiya Jnanpith

18, Institutional Area, Lodi Road, New Delhi-110 003

Ph. : 011-24698417, 24626467; 23241619 (Daryaganj)

Mob. : 9350536020; e-mail : bjnanpith@gmail.com

sales@jnanpith.net; website : www.jnanpith.net

Third Edition : 2016

Price : Rs. 180

कालिया साहब, जनाब रवीन्द्र कालिया,
जो बिखरे पन्नों से किताब बनाने का हुनर रखते हैं!

—गुलज़ार

अनुक्रम

बिमल दा

उसे लोग 'जोग स्नान' का दिन कहते हैं। इलाहाबाद में, त्रिवेणी के संगम पर, जहाँ गंगा, यमुना और सरस्वती मिलती हैं। कहा जाता है कि उस दिन, उस संगम पर कोई स्नान करे तो उसके सारे रोग दूर हो जाते हैं, सारे पाप कट जाते हैं, और उस शख़्स की उम्र सौ साल की हो जाती है।

मैंने बिमल दा से पूछा, "क्या आप मानते हैं?"

बिमल दा मुस्करा दिये, "विश्वास की बात है, शास्त्रों में कहा गया है।"

एस्ट्रोनॉमी के मुताबिक़ ये दिन हर बारह साल के बाद आता है, जब सूरज के गिर्द घूमते हुए नौ के नौ ग्रह एक लाइन में आ जाते हैं, और इस दिन सूरज उदय होता है तो उसकी पहली किरण इस संगम पर पड़ती है। उस दिन के लिए यहाँ कुम्भ का मेला लगता है। उसकी तैयारी महीनों पहले से शुरू हो जाती है, क्योंकि यहाँ आने वाले यात्रियों की गिनती करोड़ों में पहुँच जाती है। इलाहाबाद से लेकर प्रयाग शहर तक कन्धे से कन्धा छिलता है, आसपास के बीसों गाँव में पाँव रखने को जगह नहीं मिलती। इसे पूर्ण कुम्भ का मेला भी कहते हैं। मेला तो बहुत दिन रहता है लेकिन आख़िरी नौ दिन ख़ास गिने जाते हैं, जिसमें नौंवा दिन जोग-स्नान का दिन होता है।

1952 की बात है, इस मेले में एक स्टैम्पेड का हादसा हो गया था, जिसमें क़रीब एक लाख लोग मारे गये थे। आज तक उस हादसे की सही वजह मालूम नहीं हो सकी। बहुत-सी इन्क्वायरी कमेटियों ने बहुत-सी वजह दरियाफ़्त कीं। कुछ लोगों का कहना है कि नागा साधुओं के हाथी बिगड़ गये थे जिससे लोगों में भगदड़ शुरू हो गयी। उस भगदड़ से, होमगार्ड्स और मिलिट्री के बनाये हुए लकड़ी के कच्चे पुल गिर पड़े। लोग बदहवासी की हालत में भागे, दौड़े, गिरे, कुचले गये। हज़ार कश्तियाँ गंगा में उलट गयीं, कुम्भ मेले की तारीख़ में इससे बड़ा सानिहा कभी नहीं गुज़रा।

समरेश बसु ने इस हादसे के पसमंज़र में एक नॉवेल लिखा था 'अमृत कुम्भ

की खोज में' और बिमल राय, जिन्हें सब बिमल दा कहके बुलाते थे, उस नॉवेल पर फ़िल्म बना रहे थे।

मैं बिमल दा के साथ असिस्टेंट था। कभी-कभी उनकी फ़िल्म में कोई गाना भी लिख लेता था और पहली बार उनके साथ इस फ़िल्म की स्क्रिप्ट लिख रहा था। बिमल दा को शायद किसी ऐसे राइटर की ज़रूरत थी, जो किसी भी वक़्त उनकी फ़ुरसत के मुताबिक़, उनके साथ बैठ सके, डिस्कस कर सके, और मनाज़र दर्ज कर सके। दूसरी वजह शायद ये थी कि मैं बंगाली और हिन्दी दोनों ज़बानें जानता हो। नॉवेल बांग्ला में था और स्क्रिप्ट हिन्दी में लिखी जा रही थी। अपने फ़ुरसत के औक़ात में वो मुसलसल उस नॉवेल पर काम करते रहते थे। नॉवेल के हाशियों पर इतने हवाले और नोट्स दर्ज थे कि उनकी किताब देखकर लगता था, नॉवेल की सतरों में एक और नॉवेल लिखा हुआ है। जगह-जगह काग़ज़ों पर लिखे हुए नोट्स भी किताब के सफ़हों पर 'पिन' से मुंसिलक किये हुए थे। एक तो वैसे ही काफ़ी ज़ख़ीम नॉवेल था, इस पर इन ठुँसे हुए काग़ज़ों से लगता था कि किताब का पेट उभर आया है, नॉवेल एक और नॉवेल से हामला है। जिल्द उखड़ी पड़ रही थी। हर क़िरदार की तफ़सील, कुछ यूँ हिफ़ज़ थी कि बिमल दा को लगता था कि 'कुम्भ' उनकी रगों में बह रहा है। किसी ने उनके सिस्टम में उड़ेल दिया हो।

''ये नॉवेल आपने कब पढ़ा?'' मैंने एक बार पूछा था।

''1955 ई. में। जब पहली बार किस्तवार शाया होना शुरू हुआ था।''

''कहाँ?''

''कलकत्ता का अख़बार था आनन्द बाज़ार। समरेश उन दिनों उन्हीं के अदारे में काम करता था।''

''आप जानते थे समरेश को?''

''हूँ।'' बिमल दा बहुत ठहर-ठहर के बात करते थे, और उनकी 'हूँ' तो कमाल की थी। एक 'हूँ' हज़ार मतलब। इस बार मैंने समझा वो बहुत आगे नहीं बढ़ना चाहते। आदतन बहुत कम बोलते थे। लेकिन सिगरेट के दो-एक क़श लेने के बाद, ख़ुद ही बात को ज़ारी रखा।

''Originally'' समरेश ने नॉवेल अपने नाम से नहीं छापा था। एक फ़र्ज़ी नाम से था 'कालकूट'।

हूँ— मैंने कुछ इन्तज़ार किया।

वो फिर बोले, ''दस-पन्द्रह क़िस्तों के बाद नॉवेल में वक़्फ़ा आ गया था। मैं कुछ बेचैन हो गया, मैंने आनन्द बाज़ार को ख़त लिखा तो समरेश का जवाब आया।

तब पता चला कि...'' इस बार वे खाँसते-खाँसते कुर्सी से उठे और सिगरेट फेंकने बालकनी तक चले गये।

नॉवेल में प्लॉट नहीं था, लेकिन उसके क़िरदार बड़े ज़िन्दा थे और ख़ास तौर पर वो राइटर जिसकी नज़र से वो कहानी कही गयी थी। उसकी डायरी के हिस्से बिमल दा बार-बार मुझसे पढ़वाया करते थे। नॉवेल के आग़ाज़ में लोगों से खचाखच भरी हुई एक ट्रेन 'प्रयाग' स्टेशन से निकल कर इलाहाबाद की तरफ़ रवाना होती है। बस कुछ मिनटों का सफ़र बाक़ी है। लोग जोश में आकर भजन गाना शुरू कर देते हैं। ट्रेन की छत पर बैठे हुए लोग पीट-पीटकर नारे लगाने लगते हैं। ट्रेन रेंगते-रेंगते इलाहाबाद के प्लेटफ़ार्म में दाख़िल होती है और मुसाफ़िरों की भीड़ इस तरह बाहर निकलने के लिए बढ़ती है जैसे किसी ब्लैकहोल से निकल रही हो। इस भीड़ में तपेदिक का एक मरीज़ बलराम, जो अपना रोग छुड़ाने, सौ साल की उम्र माँगने, जोग स्नान के लिए जा रहा था, लोगों के पैरों तले कुचला गया, मर गया।

बिमल दा को ऐतराज़ था, ''ये मौत समरेश ने बहुत जल्दी करा दी।''

बड़े ऐहतराम से मैंने राय दी, ''दादा, ये अकेली मौत, कहीं नॉवेल के अंजाम की तरफ़ इशारा करती है और तवाज़न भी देती है।''

''हूँ, लेकिन फ़िल्म के लिए ज़रा-सा जल्दी है। ख़ैर बाद में देखेंगे... तुम आगे चलो, तुम आगे चलो।''

आगे चलते-चलते इस स्क्रिप्ट को तीन साल और लगे। ये 1962 की बात थी, इस दौरान बिमल दा ने दो फ़िल्में और बनायीं। 'बन्दिनी' और 'काबुलीवाला' लेकिन अमृत कुम्भ पर काम चलता रहा। छोटे-छोटे कुछ हिस्से फ़िल्माये भी, जो ख़ुसूसन 'आउटडोर' के हिस्से थे, मेले के जो हिस्से, जो मसनूई तौर पर तख़लीक़ नहीं किये जा सकते थे हम उनकी शूटिंग दूसरे मेलों में जाकर करने लगे। इलाहाबाद में संगम पर एक और मेला लगता है। हर साल माघ का मेला। 1962 की सर्दियों में हम उसे फ़िल्माने की तैयारियाँ करने लगे, क्योंकि उसके दो साल बाद ही फिर 'पूर्ण कुम्भ का मेला' आने वाला था।

माघ मेले की तैयारियाँ करते-करते ही बिमल दा की तबीयत कुछ डाँवाडोल होने लगी। कुछ रोज़ बुख़ार में भी ऑफ़िस आते रहे। ऑफ़िस में बैठे बग़ैर उन्हें चैन नहीं आता था। बिमल दा के लिए कहा जाता था कि वे फ़िल्म से ब्याहे गये हैं। उनके तकियों में फ़िल्म की रीलें भर दो तो बड़े चैन की नींद सोएँगे।

फिर कुछ रोज़ दफ़्तर नहीं आये तो हमें तशवीस हुई। मैं उनके घर पहुँचा मेरे

साथ हमारे सीनियर कैमरामैन भी थे, कमल बोस। बिमल दा बाहर बरामदे में बैठे थे। सामने चाय रखी थी और चैस्टरफील्ड सिगरेट का पैकेट। हमेशा की तरह सिगरेट उँगलियों में सुलग रहा था।

हमने तबीयत पूछी तो जवाब दिया, ''मैं इलाहाबाद नहीं जा सकूँगा। तुम लोग जाओ। मेले में शॉट्स ले आओ,'' और उसके बाद एक घंटे तक हमें शॉट बताते रहे, शॉट्स के ज़ाविये समझाते रहे। 'कुम्भ' की स्क्रिप्ट तक़रीबन ज़बानी याद थी उन्हें। शॉट्स की तफ़सील के बीच में सिगरेट के क़श लेते थे। ख़ाँसते थे। और चाय के घूँट सुड़कते रहे।

कमलदा ने एक बार बंगाली में कहा भी कि आप सिगरेट मत पीजिए या कम कर दीजिए लेकिन हर बार 'हूँ' कह के स्क्रिप्ट की बात करने लगते।

इलाहाबाद जाते-जाते घटक बाबू से पता चला कि बिमल दा को कैंसर हो गया है।

''बिमल दा जानते हैं?''

''नहीं!''

गले की पता नहीं कौन-सी ट्यूब या पाइप बतायी घटक बाबू ने। कमलदा ने कहा, ''लेकिन उसके लिए तो सिगरेट बहुत मुज़िर है।''

''हाँ, लेकिन बिमल मानता नहीं। उसे क्या समझाऊँ? कह दूँ कि तुझे कैंसर है। तू कल मर जाएगा। वो बहुत डरपोक है।'' सुधीश घटक हमारे मैनेजर भी थे, और बिमल दा के न्यू थिएटर्स के ज़माने के दोस्त भी।

इलाहाबाद में शूटिंग करते हुए एक अजीब बेदिली का एहसास हुआ। काम ठीक हो रहा था, लेकिन अनमना-सा। हमेशा की तरह जोश नहीं था। कमलदा अभी चुप थे। मैं भी। कोई बात थी जो हम कहना चाहते थे, लेकिन बोल नहीं रहे थे। दिमाग़ के पीछे बिमल दा के कैंसर का ख़ौफ़ छाया हुआ था और ज़ेहन की किसी एक सतह पर ये बात नक़्श हो रही थी कि ये शूटिंग बेकार है। ये फ़िल्म नहीं बन सकेगी। बिमल दा अब ज़्यादा दिन ज़िन्दा नहीं रह सकेंगे लेकिन ये बात मुँह से कहना मुश्किल था।

कमलदा ने एक शाम शूटिंग से वापस आकर पूछा, ''ये फ़िल्म क्यों बना रहे हैं बिमल दा?''

''मैंने पूछा था एक बार।''

''तो? क्या कहा?''

मैंने उस सिटिंग (नशिस्त) की बात सुनायी जब बिमल दा ने कहा था, ''वो

जो राइटर है ना, जिसकी नज़र से ये कहानी कही गयी है, जो अमृत की खोज में गया है, मुझे लगता था, वो मैं हूँ। वो जिस तरह अमृत की तलाश में गया है, जिससे आदमी की उम्र सौ साल की हो जाती है।'' वो सिगरेट के धुएँ में खाँसे, चेहरा लाल सुर्ख़ हो गया, फिर जब दम वापस आया तो बोले, ''मुझे भी इस अमृत की तलाश है।''

कुछ समझते हुए कुछ न समझते हुए मैंने पूछा था, ''क्या सचमुच सौ साल की उम्र चाहते हैं आप?''

''हूँ!''

उस रोज़ बात वहीं ख़त्म हो गयी थी। अगले एक मौक़े पर कहने लगे, ''सौ साल से मतलब ग़िनती के सौ साल नहीं होते। इसका मतलब है आदमी अमर हो जाता है, इस अमृत से।''

''वो कौन-सा अमृत है?'' बहुत देर, बहुत दूर देखा बिमल दा ने।

अब सोचता हूँ तो लगता है वो शायद जानते थे उन्हें कैंसर है। बोले ''तहज़ीब! संस्कृति! मैं इस ज़मीन की तहज़ीब का हिस्सा बन जाना चाहता हूँ ताकि...।'' कहना चाहते थे, ताकि ज़िन्दा रहूँ लाफ़ानी हो जाऊँ, पर कहा नहीं।

बम्बई वापस आये तो बिमल दा की बीमारी बढ़ गयी थी। और वो अनथक फ़िल्मकार, एक और फ़िल्म शुरू करने का प्रोग्राम बना चुका था, जिसका नाम उस वक़्त 'सहारा' सोचा गया था।

''और अमृत कुम्भ?'' मैंने पूछा।

''वो तो बनती रहेगी। 1964 में बारह साल पूरे होंगे। 'पूर्ण कुम्भ' का मेला फिर लगेगा। उसके बाद वो फ़िल्म मुकम्मिल करेंगे।''

1964 में अभी देर थी। और ऐसा लग रहा था बिमल दा के पास ज़्यादा वक़्त नहीं है। 'सहारा' शुरू हुई। तीन-चार रोज़ की शूटिंग हुई और एक दिन सेट छोड़कर गये बिमल दा तो फिर कभी स्टूडियो नहीं लौटे। अचानक कैंसर के बढ़ने में तेज़ी आ गयी, और उनकी सिगरेट छूट गयी। वो जान गये उन्हें क्या बीमारी है। कुछ अस्पतालों में टेस्ट हुए फिर इलाज के लिए लन्दन ले जाए गये, लेकिन बहुत जल्दी मायूस होकर वापस आ गये।

''मैं अपने घर पर मरना चाहता हूँ।'' उन्होंने किसी से कहा था। इस सख़्त जानी और जद्दोजहद में साल से कुछ ज़्यादा वक़्त निकल गया। दफ़्तर अकसर बन्द रहने लगा। यूनिट ने एक फ़िल्म शुरू भी की। 'दो दूनी चार' के नाम से लेकिन बस यों ही उखड़ी, उखड़ी-सी। एक अजब-सा माहौल था। सब जानते थे, किसी

भी वक़्त बिमल दा की मौत की ख़बर आ जाएगी। ये ख़ौफ़ भी था और इन्तज़ार भी। एक अजीब बेबसी का एहसास था।

एक रोज़ बिमल दा ने मुझे बुलाया और पूछा, ''तुम अमृत कुम्भ की स्क्रिप्ट पर काम कर रहे हो या नहीं?''

मेरी समझ में नहीं आया कि मैं क्या कहूँ? उनकी तरफ़ देखता तो रोना आ जाता। जिस्मानी तौर पर बिमल दा छटाँक जितने रह गये थे। सोफ़े के एक कोने में कुशन जैसे रखे हुए। उठाओ तो हथेली में आ जाएँ।

नाराज़ हो गये, ''तुमसे कहा था। बलराम की मौत बहुत जल्दी है। वो मंज़र वहाँ से हटाके मेले में ले जाओ। जब नौ दिन की पूजा शुरू होगी तो पहले दिन उसकी मौत होती है।''

मैं चुप रहा, वो फिर बोले, ''कल से रोज़ शाम को हम स्क्रिप्ट पर बैठेंगे। इस साल 'पूर्ण कुम्भ' का मेला है, दिसम्बर में शुरू होगा।''

मैंने कहा, ''जी हाँ, 31 दिसम्बर से नौ दिन की पूजा शुरू होगी। जोग स्नान का दिन 8 जनवरी 1965 को होगा।''

''हूँ'' कहकर चुप हो गये।

मंज़र की तबदीली के बाद मैं अगले रोज़ फिर पहुँचा। स्क्रिप्ट अब तक बिमल दा को हिफ़ज़ थी। अपनी किताब मँगवायी। जिल्द अब उखड़ चुकी थी। सफ़ाहात फटे जा रहे थे। कुछ और मनाज़िर का तज़किरा हुआ और फिर वही बलराम—

''बलराम की मौत और आगे ले जाओ। ये भी जल्दी है।''

मैंने बहस भी की तो सिर्फ़ उनका दिल रखने के लिए।

''असल में राइटर और श्यामा के बिछड़ने के बाद ये मौत करा दो। पूजा के पाँचवें दिन। और जब मेले में शूटिंग करेंगे तो याद रखना कि...।''

स्क्रिप्ट फाइनल करने के साथ-साथ बिमल दा शूटिंग की तैयारियाँ भी करते जाते थे। घटक बाबू को बहुत-सी हिदायत दी जाती थी और वो बड़ी फ़रमाबरदारी से दर्ज भी करते रहते थे।

दो-तीन रोज़ के बाद बलराम की मौत फिर तबदील हुई। स्क्रिप्ट की इब्तेदा से हट के अब वो स्क्रिप्ट के आख़िरी सीक्वेन्स तक पहुँच गयी थी लेकिन बिमल दा को किसी तरह तसल्ली न हुई, दो-तीन महीने के मुबाहसे में बलराम कभी दो दिन पहले गुज़र जाता कभी चार-पाँच दिन की और साँस मिल जाती उसे। लेकिन धीरे-धीरे ये मौत आगे खिसक रही थी। अचानक एक रोज़ मैं गया तो बहुत ख़ुश होकर बोले, ''अब सही जगह मिली उस सीन की। जोग स्नान का दिन सुबह पौ फटते

ही, जब सूरज की पहली किरण संगम पर पड़ती है, तब...।" जोश में वो थोड़ा-सा खाँसे, उनका सारा जिस्म खड़खड़ा गया, "तब, जब बलराम की मौत होती है। ये पहली मौत क्लाइमेक्स के स्टैम्पेड को तवाज़न देगी। बलराम जोग स्नान के दिन मरेगा।"

मैंने भी हामी भरी, घटक बाबू ने भी। बिमल दा बहुत जोश में लगे, "सुधीश, एक सिगरेट दो।"

"क्यूँ क्या हुआ अचानक?"

वो बंगाली में बात कर रहे थे, "अरे, दे ना।"

"नहीं, नहीं सिगरेट नहीं मिलेगा।"

"क्यूँ? उससे क्या होगा?"

"कहा ना, मना है। डॉक्टर ने मना किया है।"

बिमल दा की धँसी हुई आँखों में दफ़न आँसू न बाहर निकल सके, न अन्दर गये। वहीं पड़े काँपते रहे। मुझसे बर्दाश्त नहीं हुआ। मैं बहाना करके उठ आया। और फिर नहीं गया। मुझसे उनकी हालत अब बर्दाश्त नहीं होती थी। मेरी हालत भी सबकी-सी हो गयी थी। एक ख़ौफ़। एक इन्तज़ार।

1964 तेज़ी से ख़त्म हो रहा था। और बिमल दा भी। उनका बिस्तर से उठना-बैठना बन्द हो गया था। घटक बाबू आख़िर तक उनके साथ रहे। रात भर उसी कमरे में सोते थे, एक दराज़ आरामकुर्सी में।

जिस रात गुज़रे घटक बाबू ने बताया, "मैं ख़ाँसी की आवाज़ सुनकर उठ गया। देखा तो बिमल अपने बिस्तर पर बैठा सिगरेट पी रहा था। मैंने पूछा, "ये क्या कर रहा है?" तो साफ़ जवाब दिया, "सिगरेट पी रहा हूँ।" मैंने उठने की कोशिश नहीं की वहीं से मना किया तो बोला, "क्या होगा? जब न पीने से कुछ नहीं हुआ पीने से क्या हो जाएगा?" उसे फिर खाँसी आयी दम रुक गया। फिर साँस आयी। मैंने फिर कहा, "बिमल बस कर, फेंक दे, मत पी।"

"क्यूँ कोई पहला दिन है? मैं तो कई दिन से पी रहा हूँ। आज तेरी आँख खुल गयी तो धौंस दिखा रहा है?" बिमल ने आराम से सिगरेट पी और सो गया। हमेशा के लिए, फिर नहीं उठा।

मुझे सुबह ख़बर मिली तो जैसे इतने दिनों से सर पर ख़ौफ़ की लटकी हुई तलवार हट गयी और साँस आते ही आँसू निकल पड़े। वो तारीख़ 1965 की 8 जनवरी थी, और वो दिन था 'जोग स्नान का दिन!'

साहिर और जादू

ये साहिर की मैयत उठने से पहले की बात है।

मैं बात जादू की सुना रहा हूँ और ज़िक्र साहिर लुधियानवी का है।

जादू और साहिर का रिश्ता बड़ा अजीब था। जादू, जावेद अख़्तर का निक नाम है लाड़ का नाम। मिज़ाज शायराना भी है, बाग़याना भी... पूरी पैडीग्री ही ऐसी है। बाप जाँ निसार अख़्तर। मामू मजाज़ और अब ससुर कैफ़ी आज़मी।

बाप की इज़्ज़त तो कभी की नहीं उसने। कोई ग़ुस्सा था। नाराज़गी थी जो जादू की रग-रग में भरी हुई थी। अपने बाप के ख़िलाफ़। माँ के जीते जी तो बर्दाश्त भी कर लिया करता था। लेकिन उनके गुज़र जाने के बाद, बात-बात पर घर से निकल जाया करता था और सीधा साहिर के यहाँ जा पहुँचता। उसकी शक्ल देखते ही साहिर भी समझ जाते थे कि फिर बाप से झगड़ा करके आया है। लेकिन वो बिलकुल ज़िक्र ना करते इस बात का। जानते थे पहले तो जादू भड़क उठेगा और फिर रो पड़ेगा। दोनों हालतों में उसको सँभालना मुश्किल काम था।

थोड़ा-सा वक़्फ़ा देकर कहते, "जादू, चल आ, नाश्ता कर ले।"

और नाश्ता करते-करते जादू ख़ुद ही बोल बाल के भड़ास निकाल लेता और बसूरता हुआ वो दिन उन्हीं के यहाँ काट देता। मगर कभी-कभी यूँ भी होता कि साहिर उसे आगाह कर देते, "अख़्तर आ रहा है। दोपहर के खाने पर।"

जादू नज़र उठाकर देखता कि यहाँ भी चैन नहीं। उसका बस चलता तो साहिर के सामने कह देता, "ये बाप, हर जगह! हर वक़्त क्यों?"

जादू बेटा जाँ निसार अख़्तर का था, और मिज़ाज पाया था अपने मामू मजाज़ का। बहुत जज़्बाती और बहुत ग़ुस्सीला... साहिर ने उसे बेटे की तरह पाला और दोस्त की तरह सँभाला। साहिर कहते, "जादू 'ऐरोज़' में बहुत अच्छी पिक्चर लगी है यार। वो क्या नाम है उसका... जाकर देख आ...।"

और इस तरह वो बाप-बेटे का सामना होने से बचा देते। बड़ा अनोखा रिश्ता था, साहिर और जादू का।

एक बार वो साहिर के घर से भी निकल गया।

''आप ही ने ज़्यादा सर चढ़ा रखा है मेरे बाप को।''

साहिर हँस पड़े तो जादू ने कहा, ''मेरा बाप भी इसी तरह हँसता है मुझ पर। मुझे नहीं चाहिए कोई भी। न वो न आप।'' और लड़ कर घर से निकल गया।

कुछ दिन ग़ायब रहा। ख़ुद्दारी बहुत थी। नाक बहुत ऊँची थी और मिज़ाज उससे भी ऊँचा। पता नहीं कहाँ सोया और कहाँ खाया!

कमाल साहब, कमाल अमरोही के प्रोडक्शन मैनेजर से दोस्ती थी। उसके साथ ही शाम गुज़ार देता और रात को वहीं स्टूडियो में, प्रोडक्शन स्टोर में सो जाता। उस स्टोर में जहाँ हर तरह का प्रोडक्शन का सामान भी भरा हुआ था। मीना कुमारी की दो फ़िल्म फेयर अवार्ड की ट्रॉफियाँ भी पड़ी थीं वहाँ। वो एक आदमक़द आईने के सामने खड़े होकर ख़ुद को ट्रॉफी पेश करता, फिर ये ट्रॉफी रिसीव करता, फिर हाज़रीन की तरफ़ से तालियाँ भी बजाता, और फिर झुक कर लोगों का शुक्रिया भी अदा करता। ये वाकया जादू ने एक इंटरव्यू में बताया था कि वो तक़रीबन हर रोज़ सोने से पहले यही रिहर्सल करता था। कई दिन गुज़ारे उसने स्टूडियो में।

फिर जब साहिर के घर पर नज़र आया तो मुँह उतरा हुआ था, सूरत सूखी हुई थी। साहिर ने लाड़ से बुलाया लेकिन जादू का ग़ुस्सा अभी उतरा नहीं था।

''सिर्फ़ नहाने के लिए आप का गुसलखाना और साबुन इस्तेमाल करना चाहता हूँ।''

''... ... ...''

''अगर आप को गराँ ना गुज़रे तो...''

''ज़रूर।'' साहिर ने इजाज़त दी फिर कहा, ''कुछ खा लो।''

''खा लूँगा कहीं भी। आपके यहाँ नहीं खाना है मुझे।''

जब नहा कर आया तो साहिर ड्रेसिंग टेबल पर, एक सौ रुपये का नोट सामने रख कर, मुसलसल अपने बालों में कंघी किये जा रहे थे। और अल्फ़ाज़ तलाश कर रहे थे कि जावेद से कैसे कहा जाये कि सौ रुपये रख लो। जावेद की ख़ुद्दारी से डरते भी थे, इज़्ज़त भी करते थे। आख़िर डरते-डरते कह दिया,

''जादू, ये सौ रुपये रख लो, मैं तुमसे ले लूँगा।''

सौ रुपये उस ज़माने में बहुत बड़ी रक़म हुआ करती थी। सौ का नोट तुड़वाने के लिए भी लोग बैंक में जाते थे, या पेट्रोल पम्प पर।

जादू ने यूँ लिया नोट जैसे साहिर पर एहसान कर रहा हो, ''रख लेता हूँ। लौटा दूँगा, जिस रोज़ तनख़्वाह मिलेगी।''

जावेद शंकर मुकर्जी के साथ असिस्टेंट लग गया था, जहाँ उसकी मुलाक़ात सलीम ख़ान से हुई थी। बहुत कमाया उसके बाद उसने। शराब मामू की तरह पीता था और पीकर बाप पर भड़ास निकाला करता था, साहिर स्टाइल में। लेकिन वो सौ रुपये उसने कभी वापस नहीं किये। हज़ारों कमाये, फिर लाखों भी आये, पर हमेशा यही कहा साहिर से :

"आप का सौ रुपया तो मैं खा गया।"

और साहिर भी हमेशा यही कहते, "वो तो मैं तुमसे निकलवा लूँगा बेटा...!"

ये नोक-झोंक साहिर और जादू में आख़िर दिनों तक चलती रही, और दोस्ती बदस्तूर क़ायम रही। साहिर के बहुत ज़्यादा दोस्त तो नहीं थे लेकिन वो दोस्तपरवर इंसान थे, और शाम की शराब पीने के बाद बहुत लोगों की ऐसी तैसी कर दिया करते थे। जिन दिनों कृशनचन्दर वाले मकान में रहते थे, उनके पुराने दोस्त ओम प्रकाश अश्क बरसों उनके साथ रहे। एक बार मेरे सामने ही अश्क साहब ने कहा था पंजाबी में,

"साहिर, शराब पीने के बाद तू गाली गलौज पर क्यों उतर आता है?"

साहिर ने पंजाबी में ही जवाब दिया था, "शराब के साथ चटपटा तो चाहिए ना यार!"

साहिर के दोस्तों में एक डॉक्टर कपूर भी थे, जो ख़ुद दिल के मरीज थे मगर साहिर के मॉलिज। साहिर कहा करते थे, "कपूर, मैं देखने आऊँ तुझे, या ख़ुद को दिखाने आऊँ?"

उस शाम... उस आख़िरी शाम भी यही हुआ। इतने बरसों में, साहिर अपना मकान बनवा चुके थे। 'परछाइयाँ'। डॉ. कपूर, वर्सोवा के एक बँगले में मुन्तकिल हो गये थे। जादू एक बहुत कामयाब राइटर हो चुका था। उस शाम साहिर डॉ. कपूर को देखने गये थे। ख़बर मिली थी कि उनकी तबीयत ठीक नहीं। हार्ट स्पेशलिस्ट डॉ. सेठ उन्हें देखने आ रहे थे। शायद रामानन्द सागर भी थे वहाँ। या बाद में आये। साहिर ने कपूर का जी बहलाने के लिए ताश मँगवायी और उन्हीं के बिस्तर पर बैठ कर खेलने लगे। पत्ते बाँटते-बाँटते अचानक डॉ. कपूर ने देखा, साहिर का चेहरा सख़्त होता जा रहा है। शायद वो दर्द दबाने की कोशिश कर रहे थे। कपूर ने पुकारा, "साहिर!"

और उसके साथ ही साहिर, उस बिस्तर पर लुढ़क गये। डॉ. सेठ दाख़िल हुए। बहुत कोशिश की दिल को बहाल करने की। लेकिन साहिर जा चुके थे। डॉ. कपूर की घबराहट देख कर रामानन्द सागर, उन्हें फ़ौरन वहाँ से हटा कर अपने घर ले गये।

साहिर का ड्राइवर अनवर दौड़ा आया। उसने लाश को सँभाल लिया। यश चोपड़ा उनके बहुत नज़दीक थे। उनके यहाँ ख़बर की तो वो श्रीनगर गये हुए थे। उसके बाद जादू को ख़बर की। ड्राइवर नहीं था तो वो टैक्सी लेकर पहुँचे। और उस टैक्सी में जादू, साहिर को उनके घर ले आये, 'परछाइयाँ' में। अनवर और टैक्सीवाले की मदद से उन्हें ऊपर ले गये— फर्स्ट फ़्लोर पर, जहाँ वो रहते थे।

जादू जैसे किसी सन्नाटे में था। लेकिन घर पहुँच कर वो जिस तरह रोया है उनके गले लग कर, ज़िन्दगी में कभी नहीं रोया था। उस वक़्त रात का एक बजा होगा। कहाँ जाए? किस को बुलाए? कुछ नहीं किया जादू ने। अकेला बैठा रहा उनके पास, पास-पड़ोस के लोग पहुँच गये थे। एक पड़ोसी ने कहा, थोड़ी देर में लाश अकड़ने लगेगी। दोनों हाथ सीने पर ले कर बाँध दो। बाद में मुश्किल होगी।

जादू रोता रहा और वो सब कुछ करता रहा जो लोग बताते गये।

फिर सुबह होते-होते लोगों को फोन करने शुरू किये। जैसे-जैसे ख़बर फैलती गयी, लोग आना शुरू हुए। बैठने के लिए चादरें निकालो। इधर से कुर्सियाँ हटा दो। उधर का दरवाज़ा खोल दो। बच्चों की तरह, जादू के आँसू बहे जा रहे थे और वो ये सब काम कर रहा था।

मैयत के इन्तेज़ाम के लिए नीचे आया तो देखा टैक्सीवाला वहीं खड़ा है।

"ऊफ़! बताया क्यों नहीं? कितने पैसे हुए तुम्हारे?"

वो कोई बड़ा मुहज़िब इनसान था। फ़ौरन हाथ जोड़ दिये।

"मैं साहब... नहीं पैसों के लिए नहीं रुका। इसके बाद मैं कहाँ जाता रात को?"

जादू ने जेब से बटुआ निकाला।

टैक्सीवाला फिर बोला, "नहीं साहब, रहने दीजिए साहब।"

जादू तक़रीबन चिल्लाकर बोला, "ये लो, रख लो सौ रुपये। मर के भी निकलवा लिये रुपये अपने!"

और फूट फूट कर रो पड़ा।

ये साहिर का जनाज़ा उठने से पहले की बात है।

शैलेन्द्र उर्फ़ मारे गये गुलफ़ाम

मक्खन जीन की पैंट, जिसे आर–52 कहते थे, बोस्की की कमीज़, और गोल्ड फ्लेक का डिब्बा, पचास सिगरेटों का, ये शैलेन्द्र के अच्छे दिनों की तस्वीर है। पाँव में चप्पल, शायद कोल्हापुरी। ज़्यादा याद नहीं— गहरा साँवला रंग और उस पर चमकती हुई एक मुस्कराहट उनके अपने ही किसी मिसरे की तरह!

उनकी ट्रेड यूनियन की बैकग्राउंड के बारे में राजकपूर साहब से सुना था। लेकिन उन्हीं दिनों मैं मिला जब वो फ़िल्मों में लिख रहे थे। रेडियो पर शैलेन्द्र और लता मंगेशकर, शंकर–जयकिशन ऐसे नाम थे जो सारा दिन तस्बीह के दानों की तरह दोहराये जाते थे। लगता था 'माला का जाप' हो रहा है। हसरत जयपुरी के साथ जोड़ी थी उनकी। लेकिन महसूस होता था, शंकर–जयकिशन के यहाँ, ज़्यादातर वही लिख रहे थे।

मेरी एक मुलाक़ात, पता नहीं पहली थी या नहीं, लेकिन पहले पहल की थी। जो 'बापू निवास' पर हुई।

एक छोटी–सी जगह, एक कमरा, एक किचन और एक बरामदा— जहाँ बासू, दीबू और हिमाद्री, एक पेंटर थे, ये तीनों रहते थे।

जगह शैलेन्द्र ने किराये पर ली थी। एकान्त में बैठकर, लिखने के लिए। बासू और दीबू, बिमल दा के असिस्टेंट थे। रहने के लिए जगह नहीं थी इसलिए शैलेन्द्र ने आरज़ी तौर पर इन तीनों को रहने के लिए दे दी थी।

वहाँ सलिल चौधरी, वक़्त बिताने के लिए आया करते थे (या दारू पीने) या शैलेन्द्र को ढूँढ़ने। कुछ स्ट्रग्लर्स थे। मुकुल दत्त, बिमल दत्त। वो भी अक्सर वहीं पड़े रहते थे। और जो खाना बनाता था, उसके गाँव से आये हुए लोग! चड्ढी, बनियान से लेकर, धोती, कुर्ते, बेड–कवर और दरियाँ तक सूखने के लिए लटकी रहती थीं।

सलिल दा के Bombay Youth Choire की मीटिंग्स भी अकसर यहीं होती थीं। रोमा गांगुली, किशोर कुमार की वाइफ, उसकी प्रेजिडेंट या सेक्रेटरी कुछ थीं।

चाय, दूध और शक्कर का स्टॉक क्योंकि जल्दी ख़त्म हो जाता था, इसलिए ये ज़िम्मेवारी अकसर पड़ोसियों पर आयद रहती थी।

ये वो एकान्त की जगह थी जहाँ शैलेन्द्र लिखने के लिए आया करते थे। वहाँ सब रहते थे। शैलेन्द्र किराया दिया करते थे। सेकेंड वर्ल्ड वार और आईएनए से लेकर, रूस, चीन सब पर बहस होती थी।

महादेवी वर्मा, सुभाष मुखोपाध्याय, फ़ैज़, नेरूदा, हावर्ड फास्ट, महाश्वेता देवी, यशपाल, मंटो— इन सब की नज़्मों, अफ़सानों पर जंगें हुआ करती थीं।

फ़िल्मों के गाने, शैलेन्द्र कब और कैसे लिखते थे अब तक राज़ है। एक बार मुझसे यह कहा था, ''सुबह से लेकर लंच तक का वक़्त शंकर-जयकिशन के लिए है। वो डिसिप्लिन नहीं टूट सकता। वो टूट गया तो मुश्किल हो जाएगी।''

'परख' के डायलॉग लिखे थे। फिर 'पिंजरे के पंछी' में तय हुआ था कि वो स्क्रिप्ट लिखेंगे। मैं गाने लिखूँगा। लेकिन वक़्त की किल्लत ने फैसला बदल दिया। मैंने स्क्रिप्ट लिखी और शैलेन्द्र ने गाने लिखे।

फिर एक फ़िल्म बनायी शैलेन्द्र ने 'तीसरी क़सम'। रेणुजी की वो कहानी, एक बार शायद 'मारे गये गुलफ़ाम' के नाम से, बापू निवास में पढ़ी गयी थी।

फ़िल्मों के माहौल में रहते हुए भी, शैलेन्द्र के माहौल में लिटरेचर मुसलसल महकता रहा। एक आम और मामूली क़िस्म की सिचवेशन में, गाने को लिटरेचर का दर्जा दे देना, शैलेन्द्र का हिस्सा था। मैं कई जगह कह चुका हूँ कि...

Shailendra is the best lyricist, ever happened to the Hindi Film industry.

नज़्म और नग़मे का फ़र्क वो जानते थे।

नज़्म कैसे नग़मा बनती है, उन्हें उसकी ख़बर थी। उसके लिए लोगों के साथ और लोक कलाओं के साथ जुड़े रहना बहुत ज़रूरी है। मामूली-सी सिचवेशन में, मामूली से शब्दों में बड़ी बात कह जाना, शैलेन्द्र की ख़ासियत थी। एक कॉमन मैन, आम नागरिक की पहचान देखिए—

होंगे राजे, राजकुँवर,
हम बिगड़े दिल शहज़ादे
हम सिंहासन पर जा बैठें
जब-जब करें इरादे

सूरत है जानी पहचानी
दुनिया वालों को हैरानी

सर पे लाल टोपी रूसी

फिर भी दिल है हिन्दुस्तानी!

उनकी अपनी आइडियोलॉजी, हाथ में हाथ डालकर उनके साथ चलती है। तंज़ विंग ह्यूमंर।

सीधी-सी बात न मिर्च मसाला

कह के रहेगा कहने वाला...

उनकी इमेजरी, उनकी ज़बान...

चिठिया हो तो हर कोई बाँचे, भाग न बाँचे कोए

ओ पंछी प्यारे, साँझ सकारे, बोले तू कौन-सी बोली

अब के बरस भेज भैया को बाबुल, सावन में लीजो बुलाय रे!

सचिन दा, एस.डी.बर्मन से एक बार रूठायी हो गयी। सचिन दा किसी बात पे रूठ गये शैलेन्द्र से। दीबू ने मुझे कहा कि "बिमल दा से चल के मिलो। एक गाना लिखाना है!" मैंने इनकार कर दिया।

शैलेन्द्र ने तक़रीबन धकेल कर मुझे भेज दिया। "जाओ-जाओ, तुम्हारा मोटर गैरज नहीं छूट जाएगा।" मैं उन दिनों एक मोटर गैरज में काम कर रहा था।

मैंने फ़िल्मों में अपना पहला गाना लिखा :

मोरा गोरा अंग लई ले, मोहे श्याम रंग दई दे!

मेरे पहले गाने की जगह शैलेन्द्र ने थोड़ी देर को ख़ाली की थी और कहा था, "ज़रा इस सीट पर बैठो, मैं अभी आता हूँ।"

शैलेन्द्र उस फ़िल्म में वापस भी आये और चले भी गये।

मैं अभी तक उस सीट के पास खड़ा इन्तज़ार कर रहा हूँ। किसी की मजाल नहीं, शैलेन्द्र की जगह कोई पूरी कर सके। कोई और उस सीट पर नहीं बैठ सकता।

माइकल एंजिलो

फ़्लोरेंस से आये माइकल एंजिलो को फिर पाँच साल हो चले थे। वो ऊबने लगा था रोम से। "रोम में चेहरे नहीं मिलते। चेहरों के किरदार नहीं मिलते, सब एक ही से लगते हैं।" उसने पोप जूलियस सानी से कहा था।

"मेरे चेहरे पर तुम्हें क्या नज़र आता है?" जूलियस ने पूछा था।

"एक जलती हुई मोमबत्ती!"

जूलियस एक वक़्फ़े के बाद मुस्करा दिया। एंजिलो की कड़वी बातों का वो आदी था। "हाँ मैं जानता हूँ! तुम क्या कहना चाहते हो! उन हज़ारों बेसूरत मोमबत्तियों में जलती हुई एक मोमबत्ती, जिन्हें लोग इबादत के वक़्त गिरजे के 'ऑलटर' पर जला जाते हैं।"

एंजिलो चुप रहा।

"हैरत ख़ुदा की इतनी बड़ी दुनिया में एक चेहरा दूसरे से नहीं मिलता और तुम्हें अपनी तस्वीरों के लिए शक्लें नहीं मिलतीं, मॉडल नहीं मिलते और चार महीने से तुम यहूदा के लिए..."

उसकी बात अधूरी रह गयी और एंजिलो सेंट पीटर्स से बाहर चला गया।

पोप जूलियस एंजिलो के मिज़ाज से वाक़िफ़ था। यह पाँचवाँ साल था। पाँच साल से एंजिलो सेंट पीटर्स के ससटेन चैपल के गुम्बद और दीवारों पर पुराने और नये अहदनामे के अहम वाक्यात मुनक़्क़श कर रहा था और अब आख़िर में आकर जूलियस एंजिलो के साथ कोई बदमज़गी नहीं पैदा करना चाहता था। जूलियस सानी को याद था कि एंजिलो ने 'चर्च ऑफ़ होली स्पिरिट' के लिए जब लकड़ी पर यीशु का क्रूसिफ़िकेशन तराशा था, तो उसका मॉडल वो नौजवान था जिसका होली स्पिरिट मोनेस्ट्री में अचानक इन्तक़ाल हो गया था। एंजिलो की वजह से वो जनाज़ा बारह घंटे देर से उठा था।

वो बरमानते (Bramante) नहीं था जो तख़य्युल से किरदार पैदा करता था। इसलिए बरमानते के किरदारों के ख़त व ख़ाल हमेशा एक ही तरह के लगते थे।

बक़ौल मेदेसी वो एक ही ख़ानदान के लगते थे। बरमानते को हटाकर उसे फिर एंजिलो से समझौता करना पड़ा था।

पाँच साल पहले जब माइकल एंजिलो रोम लौटा था, तो घंटों सेंट पीटर्स के गुम्बद के नीचे लेटकर अपने आप कुछ बड़बड़ाया करता था। कुछ बोलता रहता था। जूलियस को इसकी ज़ेहनी हालत पर शक हुआ था। एक बार उसने बहुत पास जाकर सुना तो वो बाइबिल के कुछ वाअज़ दोहरा रहा था।

''ये क्या कर रहे हो एंजिलो?''

''ऊँ?'' उसने चौंक कर देखा था, पोप की तरफ़।

''आयतों की पट्टियाँ खोल रहा हूँ।''

जूलियस सानी जानता था कि कि वो क्या कह रहा है। उन ईंट गारे की, चूने से बनी हुई दीवारों में वो चेहरे ढूँढ़ रहा था। यीशू का चेहरा, मरियम का चेहरा, पीटर्स यूहना और यहूदा का चेहरा। वो लोग जिनके हाड़-मांस के पाँव तो नज़र आते थे, लेकिन चेहरे बाइबिल की आयतों में लिपटे हुए थे।

जिबराइल की सूरत के कई ख़ाके उसने काग़ज़ों पर बनाये थे। जूलियस ने पूछा था, ''जिबराइल का ख़ाका कैसे बनाया तुमने? वो तो इस ख़ाकी दुनिया में नहीं है।''

''उसकी आवाज़ सुनी थी। पुराने अहद-नामे में।''

''तो फिर ख़ुदा की आवाज़ भी सुनी होगी तुमने!'' जूलियस ने मज़ाक़ किया था।

''उसकी ख़ामोशी सुनी थी।'' जूलियस को यक़ीन हो गया था कि उसने सही मुसव्विर का इंतख़ाब किया है। ''सनकी है।'' उसने वेटीकिन कमेटी से कहा था, ''लेकिन ससटेन चैपल की नक़्क़ाशी सिर्फ़ वही कर सकता है।''

मरियम का मॉडल, एंजिलो ने अपनी माँ से चुना था और उस रोज़ चुना था, जिस दिन उसने अपनी माँ को एक बाँस पर, पानी के दो ढोल लटका कर, कन्धों पर उठाते देखा था। ऐसी ही कोई तवाना औरत होगी जिसने नबी का बोझ अपनी कोख में सँभाला होगा। आग जलाकर उसकी माँ, उसके बाप के नहाने के लिए पानी गर्म कर रही थी, तो उसने बहुत ग़ौर से अपनी माँ का तमतमाता हुआ चेहरा देखा था। आग की लपटों के पीछे, दहकता हुआ, सुर्ख़, गर्म कुन्दन की तरह तपा हुआ चेहरा। काग़ज़ पर उसने बहुत से स्केच बनाये थे उस चेहरे के!

उस रात उसने चूल्हे के सामने बैठी माँ से कहा भी था, ''तूने यीशु को जन्म क्यों नहीं दिया?''

"इसलिए कि तेरा बाप मिल गया था। वो देख, शराब पीके धुत्त पड़ा है। जा, सँभाल उसे।"

अपने बाप को दिखाने के लिए उसने उसी वक़्त एक गत्ते पर बड़ा-सा स्केच बना कर उसके पलंग पर लटका दिया ताकि वो देख ले कि पीने के बाद वो क्या लगता है, नीचे लिखा था :

"बाप, अगर तू ये न होता तो माँ मरियम होती।" लेकिन उसकी माँ को वो स्केच बहुत पसन्द आया। हमेशा अपने पास रखा। आख़िर तक उससे कहती रही, "ऐसा ही एक बुत बना देना बाप का। बहुत मासूम लगता है।"

और वह हमेशा यही कहके टालता रहा, "कोई संगमरमर नहीं मिलता, जिसका किरदार मेरे बाप से मेल खाता हो।" ये बहुत साल पहले की बात है। उन दिनों वो बोलोगना में रहते थे। गली के नुक्कड़ का पब उसका मख़सूस अड्डा था और वही अड्डा उसके बाप का था। बाप मैख़ाने के अन्दर बैठकर पीता था, और एंजिलो बोतल लेकर पब के बाहर आकर बैठ जाता था। सामने बैठे खोमचेवाले से बार-बार गर्म मूँगफलियाँ ख़रीद के खाता रहता। खोमचेवाला जितनी बार मूँगफली तोलता था, कुछ दाने खोमचे से ज़मीन पर गिर जाते थे और सामने खड़ा एक नंगा बच्चा हर बार उठाकर उन्हें खोमचे में वापस रखता और एक दाना मुँह में डाल लेता था और फिर अगले ग्राहक का इन्तज़ार करता था। इसी तमाशे के लिए वो बार-बार मूँगफली ख़रीदता था। उस बच्चे के बहुत ख़ाके बनाये थे उसने और कई साल बाद जब मैडोना ऑफ़ ब्रुजीस, का बुत बनाया तो नन्हे यीशु के लिए उसी बच्चे का मॉडल इस्तेमाल किया था। छोटा-सा नंगा-सा यीशु।

वही दिन थे जब पहली बार माइकल एंजिलो को पोप ने 'सेंट पीटर' के ससटेन चैपिल में गुराने और नगे अहद-नामे की तमसीलें मुनक़्क़श करने के लिए, कहा था। एंजिलो सिर्फ़ इसलिए मुलाक़ात को रोम पहुँच गया था कि इटली का हर मुसव्विर और संगतराश इस काम के लिए अपनी जान धड़ की बाज़ी लगाने को तैयार था। तवारीख़ में लाफ़ानी हो जाने के लिए ये एक काम ही काफ़ी था। लेकिन माइकल एंजिलो को लाफ़ानी हो जाना ही काफ़ी नहीं था, इस लाफ़ानी ज़िन्दगी के लिए भी उसकी कुछ शर्तें थीं। उसे संगमरमर के लिए रक़म की ज़रूरत थी। पोप जूलियस सानी ने वादा किया, लेकिन रक़म नहीं दी।

"तुम्हें पत्थर से क्यूँ इतना लगाव है? रंगों से क्यूँ नहीं?"

"रंग दूसरों से मिलके अपना रंग छोड़ जाते हैं। बदल जाते हैं। संगमरमर ऐसा नहीं करता।"

और अब वो रंगों से भी इतना ही ऊब गया था, जितना रोम से।

चार महीने गुज़र चुके थे। चैपिल की नक़्क़ाशी अब आख़िरी हिस्से तक आ गयी थी। वो ईसा की लास्ट मुनक़्क़ाशी करना चाहता था, लेकिन हर बार उसका तख़य्युल एक ही चेहरे पर आकर ख़ाली हो जाता था। यहूदा। ईसा का तेरहवाँ शार्गिद, जिसने सोने के तीस टुकड़ों के लिए अपने पीरो-मुर्शिद को रोम्यो के हवाले कर दिया। सलीब पर चढ़वा दिया। जूलियस सानी की बेताबी बढ़ने लगी थी।

एंजिलो भी सारा सारा दिन काग़ज़ काले करता रहता। पुराने-पुराने स्केच निकाल कर उन्हें फिरोलता। उन पर काम करता। लेकिन किसी चेहरे से तसल्ली न होती।

और एक दिन अचानक रोम के एक छोटे-से, गन्दे-से, पब में उसे यहूदा मिल गया। ज़रूरत से ज़्यादा चमकदार आँखें उजलती, फुर्तीला बार-बार इधर-उधर थूकता था। उम्र से पहले ही पेशानी चौड़ी हो गयी थी। बोलता था तो अल्फ़ाज़ इतनी तेज़ी से निकलते थे जैसे जेब फटने पर सारे सिक्के गिर पड़ें। एक दीनार की रेज़गारी लेने आया था, एंजिलो के पास, और उसकी बोतल का हिस्सेदार बन बैठा। एंजिलो जब बाहर निकल रहा था तो वो किसी और से दीनार की रेज़गारी माँग रहा था।

एंजिलो उसे अपने साथ 'चैपिल' में ले आया, सौदा तय करने और उसे बताया कि वो क्या कर रहा है। उसे यहूदा की शक्ल में नक़्श करना चाहता है वो लाफ़ानी हो जाएगा। उसे चादरें उठा-उठा के सारी दीवारें और छत दिखायीं। वो हैरतज़दा सब कुछ देखता रहा। फिर अपनी इस ख़िदमत के लिए एक अच्छी ख़ासी रक़म का मुतालबा किया जो एंजिलो देने के लिए तैयार हो गया। फिर उसने कुछ रकम पेशगी चाही। एंजिलो ने वो भी दे दी। वो कुछ रोज़ बाक़ायदगी से आता रहा। चैपिल में एंजिलो उसे बैठक के लिए बुलाता था। एक रोज़ एंजिलो के पुराने स्केच फिरोलते हुए उसने बोलोगना के बच्चे के बारे में पूछा, ''ये बच्चा कौन है?''

''बोलोगना में रहता था। बहुत साल पहले की बात है। इसे नन्हे यीशु की सूरत दी थी मैंने।''

''इसका नाम याद है तुम्हें?''

''हाँ, मारसोलेनी!''

वो आदमी मुस्कराया। उसने अपनी कमीज़ की आस्तीन उठायी, बाँह पर खुदा नाम दिखाया— 'मारसोलेनी'!

''मैं वही यीशु हूँ, जिसे तुम यहूदा नक़्श रहे हो।''

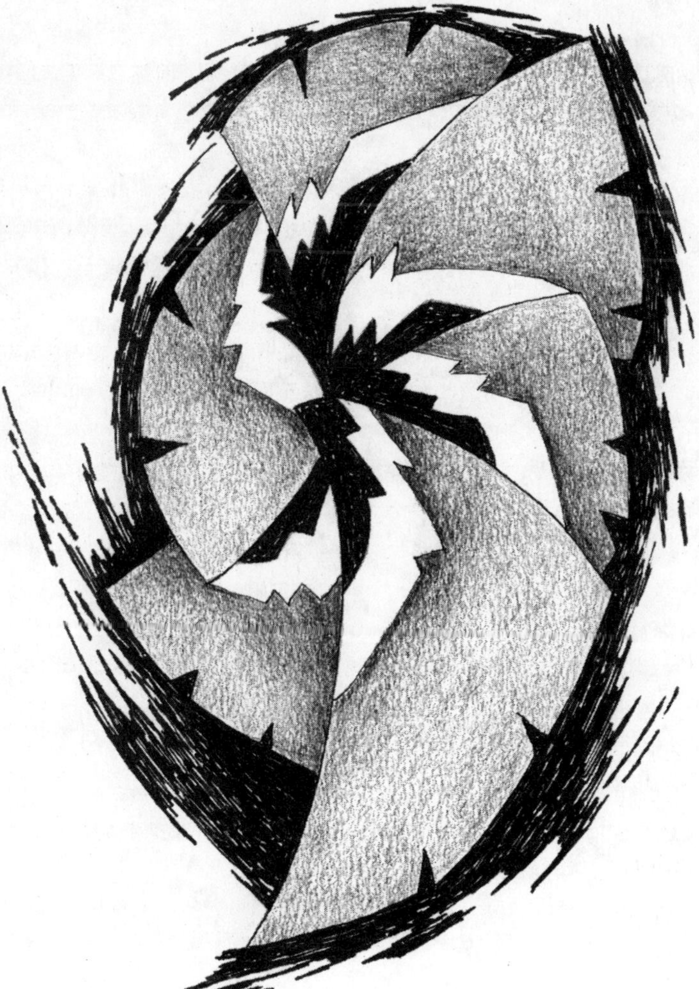

गोरख पांडेय की विदाई

न तो कोई नाम था चिट्ठी पर, न पता। हाथ का लिखा रुक़्क़ा था एक निहायत मामूली से लिफ़ाफ़े में। (गोरू ने) दरवाज़ा खोलते हुए अगर पायदान न हटाया होता उसने तो शायद नज़र ही न आता। चोरी हो जाने के डर से, वो रोज़ पायदान अन्दर लेकर दरवाज़ा बन्द करता था। और जिसने भी चिट्ठी दरवाज़े के नीचे से डाली थी, वो इस बात से बेख़बर था कि अन्दर पायदान रखा है, और चिट्ठी उसके नीचे चली गयी है।

चिट्ठी में लिखा था...

"यांग सूई आयी है, वियतनाम से, तुमसे मिलना चाहती है। हम लोग शाम को श्यामल के घर मिल रहे हैं, अपनी नयी कविताएँ लेकर आना।"

"कविता?"

गोरख पांडेय को बात समझ नहीं आयी। कैसी कविता? न तो वो कवि है और न किसी कवि को जानता है इस हॉस्टल में। और कोई नाम भी तो नहीं है ख़त पर। न ऊपर, न नीचे। ख़त मोड़ कर उसने जेब में रख लिया। बेड के नीचे से टटोलकर 'केड्ज़' निकाले, पहने और जॉगिंग के लिए निकल गया। यही उसका रोज़ सुबह का मामूल था। हॉस्टल से निकलकर, कॉलेज ग्राउंड पार करके, हाईवे के उस पार एक पार्क जो बन रहा था, उसके दो राउंड लगाकर वापस आता था। 'गोरख पांडेय' जिसे लड़के मशहूर नक्सलाइट गोरख पांडेय की निस्बत से गोरू कह के बुलाते थे, बिलकुल फ़िट था।

दो-एक रोज़ बाद फिर वही हुआ। जॉगिंग से वापस आकर उसने अपने कमरे की सफ़ाई की। झाड़ने के लिए पायदान उठाया, तो फिर एक चिट्ठी मिली। वैसी ही, सादा से काग़ज़ पर लिखी, मामूली से लिफ़ाफ़े में रखी। इस बार भी नाम पता कुछ नहीं था। तारीख़ भी नहीं थी, हाँ इतना-सा ख़ताब बढ़ गया था...

"दादा, बहुत मिस किया आपको। यांग सूई आज कलकत्ता जा रही है, वहाँ

से वापस चली जाएगी। उसने आपका बहुत इन्तज़ार किया। ट्रेन से जा रही है। मिलने जा सको तो साढ़े चार बजे स्टेशन के बाहर आ जाना। मैं वहीं मिलूँगा— प''

इस बार उसे हैंड राइटिंग फ़ीमेल लगी। उसने आख़री जुमला दोबारा पढ़ा। वहीं मिलूँगा! 'प', प्रीति या पुष्पा तो नहीं हो सकती। कोई 'पार्थव' होगा। उसी वक़्त ख़्याल आया। पहला ख़त तो ट्रेक सूट की जेब में था। और ट्रेक सूट लांडरी में!...

राइटिंग टेबल का दराज़ खोलकर ख़त उसमें डाल दिया।

कुछ देर तक वो ख़त याद रहा। चाय पीते हुए और नाश्ता करने तक। एक छोटी-सी दलील अपने आप ही ज़हन में बन गयी थी। किसी का रोमांस चल रहा है। वियतनामी किसी लड़की के साथ, और जो मिलने नहीं गया है वो या तो रूठा हुआ है या झाँसा दे रहा है। कॉलेज पहुँचते-पहुँचते कहानी तहलील हो चुकी थी।

उसके बाद बहुत रोज़ तक कोई ख़त न आया। लेकिन सुबह या शाम को जब भी ध्यान आ जाये तो पायदान उठाकर देखने की आदत-सी लग गयी उसे। आदत भी नहीं, बस यूँ ही, एक तजस्सुस-सा, curiousity एक । लेकिन चिट्ठी थी किसके लिए? उसके पल्ले न पड़ा। और उसने पता लगाने की कोशिश भी नहीं की।

उसके बाद फिर बहुत रोज़ तक कोई ख़त नहीं आया। कोई रुक़्क़ा नहीं, वैसे और बहुत कुछ हो रहा था शहर में। नक्सलाइट मूवमेंट (तहरीक) का ज़ोर बढ़ रहा था। कोई-न-कोई हादसा, कोई-न-कोई ब्लास्ट हर रोज़ बढ़ रहा था। कॉलेजों में तलबा ही की नहीं, प्रोफ़ेसर की हाज़री भी कम होने लगी थी। ज़्यादा वक़्त लाइब्रेरी या कैंटीन में कटता।

कैंटीन में एक हल्की-सी खुसर-फुसर पक रही थी। उसने पकने दी। लेकिन जब बेचैनी महसूस होने लगी तो उसने पूछ ही लिया एक दोस्त से। दोस्त उसे जल्दी से बाहर ग्राउंड में ले गया और बोला :

''एक गोष्ठी होने वाली है शहर में। शायद राजपुर में।''

''कैसी गोष्ठी?''

''साहित्यिक है। लेकिन सियासी भी है। हो सकता है...'' कान के और पास आकर बोला, ''शायद गोरू भी आये।''

"वो कौन है?"

"तुम्हारा हमनाम। गोरख पांडेय!"

वो गोरख पांडेय भी बिहार ही से था, लेकिन नक्सलाइट तहरीक के दौरान बंगाल में काफ़ी मशहूर हो गया था। कॉलेजों के नौजवान अख़बारों और रिसालों में उसकी कविताएँ पढ़ के जोश में आ जाते थे। जब कभी उसकी नयी नज़्म (कविता) आती, तो शहर में एक लहर-सी दौड़ जाया करती थी और लड़के-लड़कियाँ, पुलिस से नज़र बचाकर, ट्रामों और बसों में उसकी कविताएँ चिपका जाया करते थे। लोगों ने उसे देखा नहीं था। उसकी तस्वीरें छपती थीं, लेकिन एक से दूसरी नहीं मिलती थीं। कहते हैं, पुलिस को हमेशा उसकी तलाश रहती थी, इसलिए वो हर बार अपना हुलिया बदल लेता था। कुछ लोगों का तो ख़्याल था कि उनमें से एक भी तस्वीर उसकी नहीं थी।

नक्सलबाड़ी तहरीक, बंगाल से उमड़ के बिहार में ज़ोर पकड़ रही थी। गोरख बी.ए. का विद्यार्थी था। किसी भी सियासी तहरीक से दूर-दूर तक लेना-देना नहीं था। लेकिन लिट्रेचर का विद्यार्थी होने की निसबत से, गोरख पांडेय की नज़्में उसने पढ़ी ज़रूर थीं। और उनमें तपिश भी महसूस की थी।

एक और दोस्त ने कैंटीन में बैठे हुए कहा था एक बार,

"गोरू, एक बार सुन लोगे, तो कपड़ों में आग लग जाएगी।"

"तुमने सुना है?"

"अरे... इतना भाग्यशाली होता तो क्या ज़िन्दा बैठा होता तुम्हारे सामने? मेरी राखँ पडी होती यहाँ, प्लेट में!" और हँस दिया।

उसी दोस्त के साथ वो उस गोष्ठी में चला गया, लेकिन निंश्चित कुछ भी नहीं था। गोष्ठी कहाँ होगी। कैसे होगी और कौन-कौन होंगे।

अभी आधे रास्ते ही में थे कि ट्रैफिक इधर-उधर डाइवर्ट होने लगा, कई जगह पर ट्रैफिक जाम हुआ। बादल चौक तक पहुँचते-पहुँचते जैसे सारा शहर ही जाम हो गया। स्टेशन रोड बिलकुल ही बन्द कर दी गयी। पता चला कि ऐन चौक में एक बम फटा है और पुलिस की जीप उड़ गयी है। पुलिस कमिश्नर बच गया। गोरख और उसका दोस्त बस छोड़कर पैदल हॉस्टल तक वापस आये। कई घंटे लग गये।

रात को बिस्तर पर लेटे-लेटे अचानक पायदान पर ध्यान चला गया। गोरख ने उठ कर देखा। वैसा ही एक रुक़्क़ा पड़ा मिला। बड़ी जल्दी में लिखा हुआ ख़त था। "सेंट ऐगनेस चर्च (St. Agnes Church) के पीछे 'एस' (S) मिलेगी। गाड़ी

रेडी होगी। कोहिमा के लिए। और अब ज़रा भी देर न करें... 'पी' (P)!"

गोरख को कहानी के उधेड़बुन ही में नींद आ गयी।

सुबह-सुबह एक शोर ने जगा दिया। पुलिस ने सारा हॉस्टल घेर रखा था। सबको बाहर निकाल कर, कम्पाउंड में लाइन से खड़ा किया जा रहा था। एक-एक कमरे की तलाशी ली जा रही थी।

अचानक एक सिपाही दौड़ा-दौड़ा, इंस्पेक्टर के पास आया। "सर मिल गया। उसने साइनाइड खा लिया है।" इंस्पेक्टर उसके पीछे-पीछे चला गया।

छब्बीस-सत्ताईस साल का नौजवान होगा। चेहरे पर ख़ूबसूरत तराशी हुई दाढ़ी, रिमलेस चश्मा अभी तक उसके चेहरे पर लगा हुआ था।

"किस कमरे से मिला?" एक ने पूछा।

"फ़िफ़्टी वन।" वो गोरख के साथ वाला कमरा था।

"है कौन?" गोरख ने पूछा।

"जानते नहीं? मशहूर नक्सलाइट गोरख पांडेय!" गोरख एकदम सुन्न हो गया।

"बहुत दिनों से ख़बर थी। आजकल हमारे शहर में है। कहीं छुपा हुआ है।"

"उफ़! हमारे ही हॉस्टल में था और किसी को ख़बर तक नहीं।"

गोरख के हाथ ट्रेक-सूट की जेब में थे और मुट्ठी में वो ख़त मसल रहा था, जो ट्रॉउज़र के साथ ही लॉन्ड्री से धुल के आया था।

पंचनामा तैयार करते हुए, पुलिस इंस्पेक्टर हॉस्टल वार्डन को वो छोटा-सा ख़त दिखा रहा था, जो उसकी जेब से निकला था। बांग्ला में लिखा था :

"ऐ बार विदाई दे माँ, घूरे आशी।"

(इस बार विदाई दे माँ, ज़रा घूम के आता हूँ।)

भूषण बनमाली

दूसरी बार जब चाय ठंडी हो गयी तो सन्तोष जी ने नौकर से पूछा, "क्या हुआ? उठा नहीं भूषण?"

"जी अभी तो नहीं उठे। मैं आवाज़ देकर आ गया था।"

"वो तो सर पर ढोल बजाने से भी नहीं उठता। आवाज़ देने से क्या उठेगा? चलो। तुम दुबारा चाय बनाओ और लॉन में लगा दो। मैं उठा लूँगी।"

भूषण अपनी पत्नी ऊषा और सास, सन्तोष बंसल से एक ही तरह मोहब्बत करता था। उतनी ही शिद्दत के साथ! ऊषा से रूठता तो सन्तोष जी के पास चला जाता। उनसे झगड़ा होता तो ऊषा के पास आ जाता। इस बार ऊषा रूठ कर मद्रास चली गयी तो वो पंजाब अपनी सास के यहाँ चला गया।

घर-घाट सब कुछ था। लेकिन आदतन ख़ानाबदोश था ये शख़्स! न घर पर ख़ुश था, न घाट पर! इसी तरह एक रोज़ झोला उठा कर दिल्ली से मेरे पास चला आया था। झोले में कुछ किताबें थीं। कुछ डायरियाँ और कुछ नहीं। शायद कुछ ख़त और तस्वीरें जिन पर सन्तोष से झगड़ा हो गया था। सन्तोष और वो मिल कर एक हिन्दी का अदबी रिसाला निकालते थे। नयी सदी। उस वक़्त तक ऊषा से शादी नहीं हुई थी। ऊषा उन दिनों पेंटिंग सीख रही थी।

बम्बई क्यों आया था, साफ़-साफ़ उसने कभी नहीं बताया।

"कहाँ रहोगे?" मैंने पूछा था। अपनी मख़मूस मुस्कराहट के साथ बोला, "यहीं! जब निकाल दोगे तब सोचूँगा, कहाँ जाना है!"

मैं लाज़वाब हो गया। पूछा, "वापस दिल्ली नहीं जाओगे?"

एक वक़्फ़ा लिया। मुस्कराया और कहा, "कृष्ण ने एक बार मथुरा छोड़ा तो फिर वहाँ लौट कर नहीं गये।"

जवाब अजीब तो था लेकिन मुझे क्या मालूम था कि वो मथुरा में किसे छोड़ कर आया है। मैं तो सिर्फ़ यही जानता था कि, वो मिसेज़ सन्तोष बंसल के साथ एक माहवारी रिसाला निकाला करता था। मेरी कुछ नज़्में छपी थीं उसमें। और जब

दिल्ली गया तो एक दोपहर उनके दफ़्तर में बैठ कर बियर पी थी। अदीब दोस्तों का एक बड़ा हलका था उनका। कुछ लोग आते गये और बियर की बोतलें खुलती रहीं। वहीं फ़र्श पर लुढ़कती रहीं। एक चपरासी दोपहर बाद तक कुछ तली हुई मछली, कबाब और पकौड़े ला-लाकर देता रहा, और सब शायरी के चटखारे लेते रहे। भूषण हिन्दी में लिखता था। भूषण बनमाली के नाम से, और उर्दू पढ़ाता था। वो पिलाता भी रहा, सुनाता भी रहा। सन्तोष उनकी बड़ी मददगार थीं। लेकिन इस दौरान किसी को पैसे निकालते नहीं देखा। ज़रूर दुकानों पर परची चलती होगी। जैसी शायरों की चला करती है।

वो पहली मुलाक़ात थी मेरी। दूसरी उसके एक साल बाद बम्बई आने पर हुई, जब मैं एक शाम घर लौटा। वो मेरे कमरे में बैठा बियर पी रहा था। मैंने अन्दर जाकर नौकर से पूछा, "बियर कहाँ से आयी?"

"साहब ने पैसे देकर मँगवायी थी।"

उधार मेरे यहाँ कुफ्र की तरह मना है और भूषण के यहाँ ईमान की तरह रायेज!

मैं अपनी ही कुछ ग़ैर शायराना आदतों से मजबूर हूँ। मैं जल्दी सोता हूँ। और सुबह बहुत जल्दी उठ जाता हूँ। भूषण देर तक सोता रहता और ये बात मुझे परेशान करने लगी। कई बार वो कमरा अन्दर से बन्द कर लेता। दरवाज़ा पीट-पीट के मर जाते, लेकिन वो न उठता। मुझे आख़िरकार तमाम दरवाज़ों की चटख़नियाँ निकलवा देनी पड़ीं। वो एक बेडरूम का फ़्लैट था। मेरा घर भी था, दफ़्तर भी। मैंने एक दिन पूछ ही लिया,

"नयी सदी का क्या हुआ?"

"गुज़र गयी!" बड़ा मुख़्तसर जवाब था।

"तो अब क्या करोगे?"

"जो आप कहेंगे।"

मैं फिर लाजवाब हो गया। बस मेरे साथ ही लग गये। न असिस्टेंट, न माऊन, बस जोड़ीदार हो गये। किताबों को लेकर चर्चे होते। जे. कृष्णमूर्ति पर तबसरे होते। हिस्ट्री पढ़ी जाती, दोहरायी जाती। ऐसे ही एक मूड में एक बार पोप को ख़त लिख कर भेज दिया कि अब तो साइंस साबित कर चुकी है कि ज़मीन सूरज के गिर्द घूमती है न कि सूरज ज़मीन के गिर्द, अब तो गेलेलियो को क़ानूनी माफ़ी मिलनी चाहिए। या चर्च को उससे माफ़ी माँग लेनी चाहिए। ख़त तो पोप तक जाने पहुँचा कि नहीं, लेकिन कोई दस-पन्द्रह साल के बाद जब ऐसा हुआ तो हम दोनों फोन पर बात करके बहुत ख़ुश हुए। बीच में कई साल का वक़्फ़ा था, तब तो अलग रहने

लगे थे। पहले मेरी शादी हुई थी। फिर एक रोज़ दिल्ली से ऊषा को ब्याह कर ले आये। सन्तोष फिर भी उसके यहाँ आती जाती रहीं और ऊषा की नाराज़गी बनी रही। अजीब ही रिश्ता था। दोनों को यही लगता था कि दूसरे ने उनके रिश्ते पे छापा मारा है। और भूषण अपनी पढ़ाई-लिखाई में मस्त रहते। कभी मिलते तो वो दिन बहुत याद करते थे जब मेरे साथ दश्ते नूरदी पर निकला करते थे।

"भाई, वो रात जोशी मठ की...।"

पहाड़ों में आवारागर्दी करते हम 'रुद्रप्रयाग' पहुँचे थे। भूषण तो थे ही, तरनतारन भी साथ थे, इस बार भी ड्राइवर कोई नहीं था। गाड़ी मैं ख़ुद चला रहा था। कार एक जगह रोक कर हम बाज़ार में टहलने निकल गये। ताज़ा फल नज़र आये तो फल ख़रीद लिये। सब्ज़ी ख़रीद लीं। तरन ने पूछा भी,

"भाई, क्या करेंगे ये सब? और फल भी इतने कौन खाएगा?"

"खाना कोई ज़रूरी थोड़ा ही है। ख़रीद तो लें! मुम्बई में कहाँ मिलता है?"

भूषण ने गर्म-गर्म जलेबी तोड़ते हुए कहा,

"जिस डाक बँगले पर रुकेंगे, वहीं दे देंगे।"

पहाड़ों में रुकने का वही एक तरीक़ा है। अँग्रेजों के बनाये हुए डाक बँगले जगह-जगह मिल जाते हैं। आजकल पता नहीं क्यों नहीं बनते! शाम अभी दूर थी। वक़्त भी था। सोचा कुछ और आगे निकल चलें। आनन्द प्रयाग चलते हैं। वहीं के डाक बँगले में रुकेंगे। गाड़ी तक आये तो एक सरदारजी ने आगे बढ़ के पूछ लिया,

"आप कहाँ जा रहे हैं?"

सफ़र करती हुई गाड़ियाँ उनकी हालत से पहचानी जाती हैं। और जिस तरफ़ रुख़ हो, लोग सफ़र की सिमत भी जान जाते हैं। हमने बताया आनन्द प्रयाग तक जाने का इरादा है।

"जगह हो तो लिफ़्ट देंगे?"

"आपको कहाँ जाना है?"

"वहीं उतार दीजिएगा। मेरा घर है वहाँ।"

"आइए!"

हमसफ़र की तो हमेशा तलाश रहती है। बड़े ख़ुशदिल इंसान थे। फ़ौजी थे। अपने घर आये थे। आनन्द प्रयाग पर पुल की मरम्मत हो रही थी। इसलिए आगे एक लम्बा डायवर्शन (diversion) था। सिन्धू साहब ने दरख़्वास्त की कि उन्हें वहीं उतार दें और अच्छे हिन्दुस्तानियों की तरह चलने की दावत भी दी। भोला सिंह सिन्धू उनका नाम था। लेकिन दोनों बार उन्होंने बी.एस.सिन्धू ही कहा। ये भी

कहा कि, "आगे कहीं खाने के लिए कुछ नहीं मिलेगा। इसलिए घर चलें। खाना खाकर जाएँ।" लेकिन हमने रुख़सत चाही। सूरज पहाड़ के पीछे जा चुका था।

डाक बँगले पर पहुँचे तो रात हो चुकी थी। चौकीदार को जगाया तो वो आँखें मलता हुआ बाहर आया। हमारे कुछ भी पूछने से पहले वो 'नहीं' कह देता था।

"कमरा ख़ाली है?"

"नहीं।"

"एक रात के लिए।"

"नहीं।"

"सुबह पाँच बजे..."

"नहीं।"

अचानक डाँट कर पूछा,

"मेजर बख़्शी आये हैं?"

'नहीं' कहते-कहते वो रुक गया।

"कौन मेजर साहब?"

"मेजर साहब ने आज के लिए बुकिंग की थी। क्या हुआ?"

उसने मुँह उठा कर देखा। इससे पहले कि वो कुछ कहता, मैंने हुक्म दे दिया,

"चलो पानी गर्म करो। मेजर साहब आने वाले हैं! रजिस्टर कहाँ है?... दिखाओ!"

वो घबरा के पीछे हट गया। भूषण ने फ्रूट और सब्ज़ियों वाला थैला उसे थमा दिया,

"ये रख लो। सुबह घर ले जाना।"

सब कमरे ख़ाली थे। रहने का इन्तज़ाम हो गया। हम लोग गिलास बना रहे थे कि भूषण ने मज़ाक किया :

"अब व्हिस्की के साथ, बिस्कुट डूबो के खाएँगे और तो कुछ है नहीं!"

उसी वक़्त एक पहाड़ी मुंडू आ पहुँचा। एक टिफ़िन करियर लेकर। सिन्धू साहब ने खाना भेजा था। इस तरह की मेहमाननवाज़ी सिर्फ़ इसी मुल्क में हो सकती है, हिन्दुस्तान में!

हमेशा की तरह अगली सुबह फिर चलने की तैयारी। और हमेशा की तरह ही भूषण को फिर नींद में बिस्तर से उठा कर गाड़ी में डाल देना पड़ा। वही चार बजे उठके चल दिये। सफ़र में प्रोग्राम हमेशा यही होता है कि सूरज से पहले चलो। उसे रास्ते में मिलो और उसके जाने से पहले घर पहुँच जाओ। ये बात रात को ही तय हो

गयी थी कि अब यहाँ से वापस जाने का कोई तुक नहीं है। थोड़ा-सा सफ़र बाक़ी है। जोशीमठ जाते हैं। वहाँ से बद्रीनाथ, और हो सके तो गोबिन्द घाट पार कर के वैली ऑफ़ फ्लावर्ज़ और हेमकुंड देख कर लौटें। फिर जाने कब आना हो इन पहाड़ों में। और हो भी कि नहीं। भूषण तो मान गये। तरनतारन को मनाना पड़ा।

अगला पड़ाव जोशी मठ था।

आनन्द प्रयाग से निकले हुए तीन पहर हो चुके थे। हम मुसलसल धूप-छाँव ओढ़े चल रहे थे। तरन ने पूछा, "भाई, ड्राइवर क्यों साथ नहीं लेते आप? हमेशा ख़ुद ही ड्राइव करते हैं?"

"क्यों क्या बुरी चलाता हूँ?"

"नहीं, आप इधर-उधर बहुत देखते हैं ना! इन पहाड़ों पर तो...।"

भूषण ज़ोर से हँस पड़े।

"जब तक पड़ाव नहीं आता, इनकी हवाइयाँ उड़ी रहती हैं। वैसे उड़ने से पहले भी इनका रंग ज़र्द था।"

भूषण ग़ालिब बड़ी कसरत से कोट (quote) करते थे। बड़ा ख़तरनाक मोड़ था। और ऊपर से आती हुई किसी बस का हार्न सुनाई दे रहा था। हर तरफ़ ऐसे सरसब्ज़ जंगल कि सूरज की रोशनी भी हरी लगती थी। जोशीमठ का मोड़ मुड़े तो मुँह से 'आह' निकल गयी। जोशीमठ में बर्फ़ पड़ी थी। वादी के इस तरफ़ कुछ भी नहीं, और उस तरफ़ हर चीज़ सफ़ेद थी। लगता था जैसे केक पर क्रीम से ड्रेसिंग की गयी हो।

जोशीमठ के बाज़ार में जगह देख कर गाड़ी पार्क कर दी। गाड़ी का दरवाज़ा खोला, और फ़ौरन ही डर के बन्द कर दिया। बाहर ऐसी ठंडी हवा कि जैसे लूट लेने को दौड़ी। शाल और कस के लपेट ली। मफ़लर ऊपर चढ़ा लिये। बाहर आकर रहने के लिए जगह देखने गये। वो ज़रूरी था। बाज़ार ऊपर था। शहर नीचे। सीढ़ियाँ और ढलानें, ढलानें और सीढ़ियाँ! पहाड़ों पर नीचे उतरना उतना ही घुटने तोड़ होता है, जितना ऊपर चढ़ना। इसीलिए कश्मीरी घर से निकलने पर दुआ देते हैं, 'उर्ज़ो दुर्कठ' (तेरे घुटने सलामत रहें)। एक जगह बेशुमार सीढ़ियाँ उतरने के बाद एक आश्रम मिला। बिड़ला आश्रम!

एक पंडित जी ने रहने को जगह दी। एक कमरा भी खोल दिया। और कोई मुसाफ़िर वहाँ नज़र नहीं आया। एक ही कमरे में तीन चारपाइयाँ लगवा दीं। लेकिन ओढ़ने-बिछाने को पतली-सी एक दरी, तलायी और मामूली-सा एक कम्बल। पंडित जी ने कहा, "अब इस मौसम में कौन आता है, महाशय। जिस मौसम में

आते हैं उसके लिए काफ़ी है। कुछ साथ भी लेकर आते हैं, कुछ बाज़ार से ले लेते हैं। किराये पर सब मिल जाता है।''

पंडित जी के कहने से राह मिल गयी। कमरे की चाबी ली और फिर वहीं, पहाड़ भर सीढ़ियाँ चढ़ के ऊपर आये। ऊपर आये तो गाड़ी के सामने वाले शीशे पर, वाइपर के नीचे एक रुक्का चिपका हुआ था। लिखा था :

''यहाँ से कुछ आगे जाकर, बाज़ार के आख़िर में एक पेट्रोल का डिपो है। वहाँ से मिलट्री कैम्प का रास्ता जाता है। आज रात का खाना, आप हमारे साथ, हमारे मेस में खाएँ। बी.एस.सिन्धू!''

रुक्का देख कर हम हैरान रह गये। ये शख़्स यहाँ कैसे पहुँच गया? भूषण बोले, ''जैसे हम आये। वो भी आ गया होगा। और हमारी गाड़ी तो पहचानता ही था।''

''लेकिन उसे अगर जोशीमठ आना था तो कह देता।''

''कैसे कहता? आपने तो यही बताया था कि आनन्द प्रयाग तक जा रहे हैं। आगे का प्रोग्राम तो रात को तय हुआ।''

बहरहाल हमने मोटी-मोटी कुछ तलाइयाँ किराये पर लीं। एक अँगीठी ख़रीदी थोड़े से कोयले ख़रीदे और ठंड मारने के सारे इन्तज़ाम करने के बाद, रात को भोला सिंह सिन्धू के मेस में पहुँच गये। जवानों को पहले ही ख़बर हो चुकी थी। बड़ी ख़ातिर की उन लोगों ने। एक बड़ी-सी अँगीठी जला कर बीच में रख ली और रम पिलाते रहे। एक तो पंजाब रेजिमेंट, ऊपर से पटियालवी पैग रम के। ख़ूब पी लेकिन उस पर जम के वो पंजाबी शायरी सुनी कि बस हो गयी। ढीठ पंजाबी लहजे में। पंजाबी शायरी को, पंजाबी लतीफ़ों से ज़र्ब दो तो क्या हाल हो? हम सब का वही हाल हुआ। आख़िर में उनके अपने हाथों के बने गुलाबजामुन! भूषण को एक तौलिया गले में, बिब की सूरत बाँध दिया गया। गुलाबजामुन का आधा रस मुँह में जाता था। आधा कपड़ों पर...!

रात को बहुत देर से वापस लौटे। वहाँ रास्तों पर स्ट्रीट लैंप तो थे नहीं। अँधेरे में वो सीढ़ियाँ तलाश करना शुरू कीं जो बिड़ला आश्रम को उतरती थीं। रास्ते में आदम, न आदमजात कि राह पूछें। गाड़ी की लाइट से कोई अन्दाज़ा न हुआ। गाड़ी फिर एक जगह लाकर पार्क कर दी। तरन तो गाड़ी में बैठने को भी तैयार न था।

एक शख़्स टॉर्च लेकर आता हुआ नज़र आया तो उसे थाम लिया। उसने समझाया भी कि थोड़ा आगे चलकर वो सीढ़ियाँ हैं, जो आश्रम की तरफ़ जाती हैं। कुछ दूर वो हमारे साथ चला भी, लेकिन हमारा हाल देख कर, जल्दी ही टॉर्च बुझा

के खिसक गया। भूषण को तरन ने सँभाल रखा था।

एक जगह सीढ़ियाँ नज़र तो आयीं। लगा कि वही हैं। सो हमने उतरना शुरू कर दिया। मैं आगे-आगे चल रहा था और कई बार टटोल-टटोल कर सीढ़ियों का अन्दाज़ा कर रहा था और बताता जा रहा था। अचानक पता चला कि मेरे पीछे तो कोई है ही नहीं। और दूर से तरनतारन की आवाज़ सुनाई दे रही थी।

''स्टेप, स्टेप स्लोप! स्टेप, स्टेप स्लोप!''

हर दो सीढ़ियों के बाद एक वक़्फ़ा आता था। तरनतारन सँभाल-सँभाल के भूषण को नीचे उतार रहे थे। किसी तरह आश्रम पहुँचे। कमरे की चाबी लगी तो यक़ीन हुआ कि सही जगह पर आये हैं।

रिलीफ तलाइयाँ तैयार कर गये थे। भूषण को एक चारपाई पर सुला के रज़ाई ओढ़ा दी। जिस शै को हाथ लगायीं यही लगता था कि फ्रिज़ से निकली है। अँगीठी सुलगाने की कोशिश की। कोयले जमा कर नीचे से काग़ज़ जलाये। थोड़ी-सी रोशनी हो और काग़ज़ जल के राख हो जाए। कोयले बर्फ़ के टुकड़े लगते थे। और ऊपर से सीले। जलें तो कैसे? अख़बार, रिसाले जो जमा हुए आहिस्ता-आहिस्ता ख़त्म होने लगे। मैंने कहा, ''यही हाल रहा तरन, तो किताबें जला के रात काटनी पड़ेगी।''

उसी पर तरन को एक तरकीब सूझी, बोतल में ब्रांडी काफ़ी थी। वो उठा लाया। नीचे से आग जला कर ऊपर से कोयले पर ब्रांडी उँडेलनी शुरू की।

''बस एक कोयला सुलग गया तो अँगीठी जल जाएगी।''

नीचे से आग जलती और जब कोयले पर पतली-सी ब्रांडी की धार पड़ती तो ऐसी ख़ूबसूरत एक नीले रंग की आग जलती कि कोयला नीलम का हीरा लगता। हाथ पर उठा लेने को जी चाहता।

ब्रांडी तो तक़रीबन ख़त्म हो गयी। लेकिन इस कोशिश में एक कोयला लाल होकर दहकने लगा। ऐसे ही जैसे शराब ज़्यादा चढ़ जाय तो आँख लाल हो जाती हैं। बस फिर क्या था। ऊपर से फूँकने लगे। नीचे से हवा देने लगे। और अँगीठी सुलगने लग गयी। कुछ धुआँ ज़रूर ज़मा होने लगा कमरे में। आधी रात गुज़र गयी अँगीठी को लाल करते।

बिस्तर ठीक किये। लेटे थे कि तरन ने धीरे से आवाज़ दी। मेरे 'हूँ' कहने पर बोला, ''मैट्रिक में एक सबक़ पढ़ा था कि बन्द कमरे में कोयले जला कर नहीं सोना चाहिए। इसलिए कि उससे एक गैस पैदा होती है जिससे आप बेहोश हो सकते हैं और मर भी सकते हैं। इसलिए ज़रूरी है कि कोई खिड़की या रोशनदान खुला रहे

जिससे ऑक्सीजन अन्दर दाख़िल होती रहे।''

चारों तरफ़ नज़र दौड़ायी, उस कमरे में कोई खिड़की नहीं थी। कोई रोशनदान नहीं था। उलझन हो गयी।

''तरन यार, मैट्रिक का पढ़ा आज ही याद आना था तुझे?'' मुझे तसल्ली देने के लिए उसने पूछा।

''वैसे कोई ख़तरा तो नहीं है?''

''इस सर्दी में क्या कोई बेहोश होगा?'' कह तो दिया लेकिन एक बेचैनी-सी रह गयी। तरन ने फिर कहा,

''ऐसा करते हैं, दरवाज़ा थोड़ा-सा खोल देते हैं।''

''ठीक है!''

दरवाज़ा खोला तो हवा ऐसी बेरुख़ी से दाख़िल हुई जैसे रेड पर आयी हो। बहुत थोड़ा-सा खोल के रखा तो लुच्चों की तरह सीटी बजाने लगी। समझ न आया क्या करें। एक तरीक़ा समझ में आया कि एक सूटकेस बीच में डाल कर दरवाज़ा बाँध दें। बाँधते कहाँ से? रस्सी तो थी नहीं, पाजामे का नाड़ा खोला। उसे दरवाज़े से बाँध कर एक सूटकेस बीच में अटका दिया। कुछ इत्मीनान तो हो गया। लेकिन कमरे में सर्दी बढ़ गयी। नींद ग़ायब हो गयी। थोड़ी-थोड़ी देर बाद एक ख़्याल आता कि ''भूषण का क्या हाल है?'' एक रज़ाई और कम्बल तो था उन पर, उठकर एक रज़ाई और डाल दी।

तरन ने फिर करवट ली और कहा, ''हवा दीवार से टकरा के सीधी भूषण को तलाश करती है।'' और वह चुप हो गया। एक वक़्फ़े के बाद मेरे मकालमे की बारी थी।

''तरन जैसे-जैसे रात बढ़ रही है, ठंड भी बढ़ती जा रही है! मैं अपनी रज़ाई उन पर डाल देता हूँ। ऐसा न हो कि सुबह जुलाहे की जवाई की तरह मुस्करा रहे हों।''

तरन चुप रहा। मैंने अपना बिस्तर उलटा कर लिया, कम्बल नीचे कर लिए। रज़ाई ऊपर ले ली। और रज़ाई भूषण पर डाल दी। थोड़ी देर में अँगीठी भी ठंडी होने लगी। तरन ने उठकर थोड़े से कोयले और डाल दिये। और साथ ही अपनी रज़ाई भी भूषण पर डाल दी। और फिर रज़ाई के अन्दर घुस कर लेट गया। इसी उधेड़बन में थक थका कर आँख लग ही गयी।

ज़ाहिर है सुबह देर से उठे। भूषण उस रोज़ हमसे पहले जाग गये थे। चारपाई से ही करवट लेकर देखा उन्हें। बड़े मुतमईन लग रहे थे। मैंने पूछा, ''क्यों? ठीक

से नींद आयी रात को?''

एक जमाई लेकर बोले, ''नींद तो अच्छी आयी। लेकिन एक बात बताइए। रात को आप लोग अपना सामान उठा-उठा कर क्यों मेरे ऊपर डाल रहे थे?''

तरन फट के हँस पड़ा!

''लो, और सुनो। तुम्हारी वजह से आधी रात तक सोये नहीं। अब उठो और उठ के चाय का इन्तज़ाम करो।''

ख़ानसामा ने दूसरी चाय तैयार कर ली थी। ट्रे सजा कर लॉन में ला रहा था जब सन्तोष जी को भूषण के कमरे से निकलते देखा, पूछा, ''क्यों? आज सो कर भी नहीं उठे?''

सन्तोष जी ने बुकल में मुँह दे रखा था। आकर कुर्सी में धँस गयीं। और ज़ोर से गर्दन मार के बोलीं, ''नहीं, अब वो नहीं उठेगा।''

और अपनी सिसकियाँ बुकल के अन्दर ही शाल में दबा लीं।

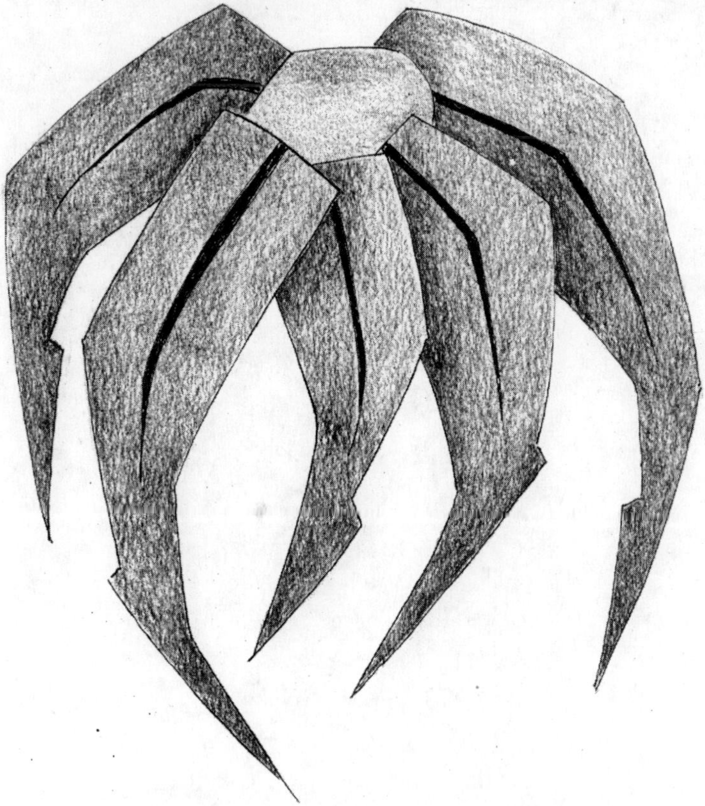

कुलदीप नैयर और पीर साहब

जुम्मे का दिन था। सन् 1998, 14 अगस्त की शाम, मैं, कुलदीप नैयर साहब के साथ, वाघा बार्डर की तरफ़ सफ़र कर रहा था, कार में!

नैयर साहब कई सालों से ये करते आ रहे हैं। 14 अगस्त की शाम वाघा पर पहुँच जाते हैं। कुछ अदीबों, फ़नकारों, दानिशवरों के साथ और जब बार्डर पर तैनात फ़ौजी सिपाहियों की ड्यूटी बदलती है और दोनों मुल्कों के झंडे उतारे जाते हैं, तो वो अपने दोस्तों के साथ 'हिन्द-पाक-दोस्ती' का नारा लगाते हैं और रात को बारह बजे जब तारीख़ बदलती है तो शम'एँ जला कर आज़ादी का ख़ैर मुक़दम करते हैं।

बड़ी सीधी, लम्बी सड़क थी, और शाम का झुटपटा बढ़ रहा था। और नैयर साहब कह रहे थे,

"ये सड़क अगर इसी तरह सीधी चलती रहे और कोई गेट, कोई रुकावट न आये। न कोई वीज़ा पूछे, न पासपोर्ट देखे, और मैं पाकिस्तान घूम के आ जाऊँ, तो क्या लूट लूँगा उस मुल्क का? लूटने वालों की तो न इस मुल्क में कमी है, न उस मुल्क में। उन्हें बाहर से आने की क्या ज़रूरत है?"

फिर एक वक़्फ़े के बाद बोले, "आख़िर वो भी तो वतन है मेरा? मेरा कितना बड़ा हिस्सा उस मुल्क में पड़ा है।"

मेरी आँखों में कोई सवाल होगा। बोले:

"मेरा स्कूल है भई, मदरसा मेरा! मेरे दीनानाथ मास्टर और मौलवी इस्माईल। मेरा अलिफ़, बे का क़ायदा, बस्ता सब वहीं तो रखा है। जड़ें वहाँ रखी हैं और शाख़ें काट के इधर ले आये...।"

नैयर साहब की आवाज़ में रक्कत आ गयी थी। उस रोज़ कई बार नैयर साहब ने स्यालकोट का ज़िक्र किया। जहाँ घर था उनका।

"चाचे, ताये, फुफड़ सबके घर पास-पास ही थे। हमारे घर के सामने एक बहुत बड़ा अहाता था, लेकिन खुला था। कहीं कोई दीवार खिंची हुई नहीं थी। आगे जाकर दूसरे घर शुरू हो जाते थे। ज़मीन इतनी थी कि छीनाझपटी की ज़रूरत

नहीं थी। उस अहाते के एक तरफ़, बहुत घना पीपल का पेड़ था। जो हमारे घर के ज़्यादा क़रीब था। उसके नीचे एक क़ब्र थी। पता नहीं किसकी थी, लेकिन माँ ने कह-कह के उसे, 'पीर साहब' की क़ब्र बना दिया।

"माँ पीपल पर पूजा का सिन्दूर लगातीं और साथ ही उस क़ब्र पर एक दीया रख देती थीं। सिन्दूर पीपल पर लगाकर, उँगली क़ब्र की ईंट से पोंछ लेतीं। आरती करतीं, चिराग़ की आँच पीपल को देकर, दीया क़ब्र के टूटे हुए आले पर रख देतीं। भोग पीपल को लगता तो पीर साहब को भी लगता। घर पर किसी बात से रंजिश हो जाए तो माँ पीपल से पीठ लगा के बैठ जातीं और पीरजी से बातें करतीं। कभी रो भी लेतीं। फिर जी हल्का हो जाता और वो उठ कर घर आ जातीं। पीर साहब को साथ ले आतीं। पीर साहब की मुक्ति न होने दी उन्होंने।

"इम्तिहानों में याद है कि कहती थीं, पीर साहब को मत्था टेक के जाना। इम्तिहान हो, त्यौहार हो, ख़ुशी हो, ग़म हो, कोई फाह, कोई अफड़, हर बात में पीर साहब ज़रूर शामिल होते थे।"

नैयर साहब कभी-कभी बड़े ठेठ लफ़्ज़ पंजाबी के इस्तेमाल करते हैं। वो कह रहे थे, "कुछ पूछना हो तब भी, पीर साहब से पूछा जाता था। हमें तो कभी कोई जवाब नहीं मिला। लेकिन माँ को ज़रूर इशारे मिल जाते थे। कभी-कभी तो वो कहती थीं, उन्हें ख़्वाब में आकर बता गये थे।"

हम वाघा पर पहुँच गये।

दिन गुरूब हो रहा था। बड़ी लम्बी-चौड़ी रसूमात के साथ, मुल्कों के झंडे उतार लिये गये। थोड़े से लोग उस तरफ़ थोड़े से हमारी तरफ़ भी। फ़िल्म स्टार 'राज बब्बर' हमारे साथ शामिल हो गये। उस तरफ़ से 'असमा जहाँगीर' आने वाली थीं। नहीं आ सकीं। हुकूमत ने उन पर पाबन्दी लगा दी थी।

रात को बारह बजे हम सबने मोमबत्तियाँ जलायीं। कुछ तस्वीरें लीं। 'हिन्द-पाक दोस्ती' के नारे लगाये। कुछ सूखे, कुछ रुँधे से गले लेकर वापस आ गये।

अगले दिन हम दिल्ली लौट रहे थे। मैं वापस स्यालकोट जाना चाहता था। इसलिए मैंने फिर बात शुरू कर दी।

"नैयर साहब! माँ ने ख़्वाब में देखा था, तो आपने कभी पूछा, माँ से कि पीर साहब कैसे लगते थे। उनकी शक़्ल-व-सूरत क्या थी?"

नैयर साहब का मूड अब अलग था। वो मुस्कराये, बोले,

"मैंने अपना कॅरियर इन्वेस्टिगेटिव जर्नलिज़्म से शुरू किया था। मेरा ये तफ़सील पूछना लाज़मी था। और जैसा माँ ने बताया था, मैंने वैसा ही पाया उन्हें।"

‘‘पाया उन्हें ? मतलब ?... आप मिले ?... यानी... ।’’

मैं अपना सवाल ठीक से बना नहीं पाया। वो मुस्करा रहे थे। कहने लगे, ‘‘सन् 1975 की बात है, जब मि. इन्दिरा गाँधी ने हिन्दुस्तान में इमरजेंसी घोषित कर दी। पोलिटिकल (सियासी) लीडरों के अलावा जिन इंटेलेक्चुअल्स (अदीबों, दानिशवरों) को हिरासत में ले लिया गया था, उनमें मैं भी शामिल था!

‘‘वो भी जुमे का दिन था। 24 जुलाई सन्, 75। मुझे तिहाड़ जेल में नज़रबन्द कर दिया गया और कहा गया कि नज़रबन्दी बिलकुल आरज़ी है। चन्द दिनों में आपको रिहा कर दिया जाएगा। मैंने पूछा ये हुक्म किसने दिया है तो बग़ैर नाम लिये मुझे जेलर ने इतना ही कहा, मैडम!... चन्द दिन गुज़र गये। लेकिन जब रिहाई के कोई आसार नज़र न आये तो मैंने जेलर से कह कर अपनी कुछ कॉपियाँ किताबें मँगवा लीं। उस शरीफ़ आदमी ने एक टेबल और टेबल लैम्प का भी इन्तज़ाम कर दिया।

‘‘आहिस्ता-आहिस्ता, जब मीयाद बढ़ने लगी और ग़ैर यक़ीनी महसूस होने लगी, तो एक रोज़ मन-ही-मन मैंने उनसे पूछा, ‘मेरी रिहाई कब होगी ?’ ’’

मैं चुप रहा, तो नैयर साहब भी चुपचाप मेरी तरफ़ देखने लगे। हम अमृतसर के एयरपोर्ट के लाऊंज में बैठे थे। अचानक बात मेरे अन्दर जज़्ब हुई और मैंने पूछा,

‘‘उनसे!... किनसे ?... किससे पूछा आपने ?’’

वो शायद इसी सवाल का इन्तज़ार कर रहे थे, बोले,

‘‘पीर साहब से।’’

‘‘ओह!’’

‘‘और वो मेरे ख़्वाब में आये। सफ़ेद लम्बी दाढ़ी और उसके पीछे सब्ज़ रंग का लिबास था। वही माँ ने बताया था। सर पर मुझे याद नहीं, कुछ पहना था या नहीं।’’

‘‘तो क्या कहा ?’’

‘‘कहा कि आते जुमेरात तक तुम रिहा हो जाओगे।’’

‘‘और कुछ भी कहा ?’’

‘‘हाँ! कहा बहुत ठंड लगती है बेटा। अपनी चादर दे दे।’’ ये कह कर नैयर हँस दिये।

‘‘तो आपकी रिहाई, मतलब...हुई जुमेरात के दिन ?’’

‘‘नहीं, जुमेरात के दिन मैं बहुत बेचैन रहा। पता नहीं क्यों मैं चाहता था कि वो सच हो जाए। मुझे जेल से कोई परेशानी नहीं थी। लेकिन पीर साहब के क़ौल के लिए परेशान रहा, हस्बेमामूल रात देर तक काम करता रहा। सुबह देर से उठा।

"वो दिन भी जुमे का था। 11 सितम्बर सन् 1975 और जेलर ने आकर ख़बर दी कि आपकी रिहाई के ऑर्डर आ गये हैं। मैंने क़दरे हैरत से पूछा, 'कब आये?' तो उसने बताया कि, 'काग़ज़ात तो कल रात ही आ गये थे। लेकिन मैं जब ड्यूटी पर आया तो देर हो गयी थी। आप टेबल पर काम कर रहे थे और आपका हुक्म था कि आपको डिस्टर्ब न किया जाए।'

"मैंने बा-आवाज़ बुलन्द दोहराया, "कल, यानी जुमेरात के दिन काग़ज़ात आ गये थे?"

"ज़रा ठिठक कर जेलर ने कहा, 'जी!... आपको पहले से ख़बर थी क्या?...'

"और मैंने बहुत ख़ुश होकर बताया उसे!

'हाँ, मुझे ख़बर मिल चुकी थी।"

इसके बाद का एक और वाक़्या भी है। नैयर साहब ने बताया कि, "माँ ने कहा था। 'बेटा, स्यालकोट जाकर, उनकी क़ब्र पर चादर ज़रूर चढ़ा देना। उन्हें सचमुच ठंड लगती होगी।' और माँ की आँखें भीगी हुई थीं। मैं फ़ौरन नहीं जा सका। उन दिनों स्यालकोट का वीज़ा नहीं मिलता था। सन् 1980 में माँ गुज़र गयीं तो पीर साहब की चादर पहुँचाना और भी ज़रूरी हो गया। और जब मैं स्यालकोट गया तो उस इलाक़े की शक़्ल बदल चुकी थी। हमारे मकानों में कुछ और लोग आकर बस गये थे। सामने के अहाते में छोटी-छोटी दुकानें बन गयी थीं। एक पूरी मार्किट की शक़्ल बन चुकी थी और वो क़ब्र मुझे कहीं नज़र नहीं आयी। बहुत लोगों से पूछा। लेकिन किसी ने वो क़ब्र देखी ही नहीं थी । अन्दाज़े ही से मैंने वो जगह तलाश की, जहाँ कभी पीपल का पेड़ हुआ करता था। लेकिन अब न पेड़ था, न वो क़ब्र!

"उस जगह पर, एक दुकानदार से मैं कई रोज़ मिलता रहा। वो यही कहता था, उसने वहाँ कोई क़ब्र नहीं देखी। मैं लौटने ही वाला था, जब एक रोज़ वही दुकानदार, मुझे मार्किट के बाहर मिल गया। उसने पूछा, 'किसकी क़ब्र थी वो जिसकी तलाश कर रहे थे आप?'

"मैंने बताया, एक पीर साहब की थी। हमारी माँ को बहुत अक़ीदत थी उनसे। थोड़ी पेशमानी के साथ उसने इक़रार किया, और कहा, 'जी थी तो सही, हमारी दुकान से लगी हुई थी। हम रिफ़्यूजी (महाजिर) थे। दुकान ही में अपने रहने की जगह थी तब। जगह बहुत तंग थी। इसलिए हमने हटा दी और जीने भर के लिए, एक क़ब्र की जगह और खींच ली।'

"मैं वापस आ गया। और एक रोज़ निज़ामुद्दीन औलिया की दरगाह पे जाकर

वो चादर चढ़ा दी, जो अपने साथ स्यालकोट लेकर गया था।''

''वो फिर कभी नहीं आये, ख़्वाब में?'' मैंने पूछा।

''नहीं! कई बार मुश्किल की घड़ी में जी चाहा वो फिर ख़्वाब में आएँ। मैं कुछ पूछूँ। वो कुछ बताएँ। लेकिन वो नहीं आये। लगता है पीर साहब माँ के साथ ही चले गये। मुक्ति पा गये।''

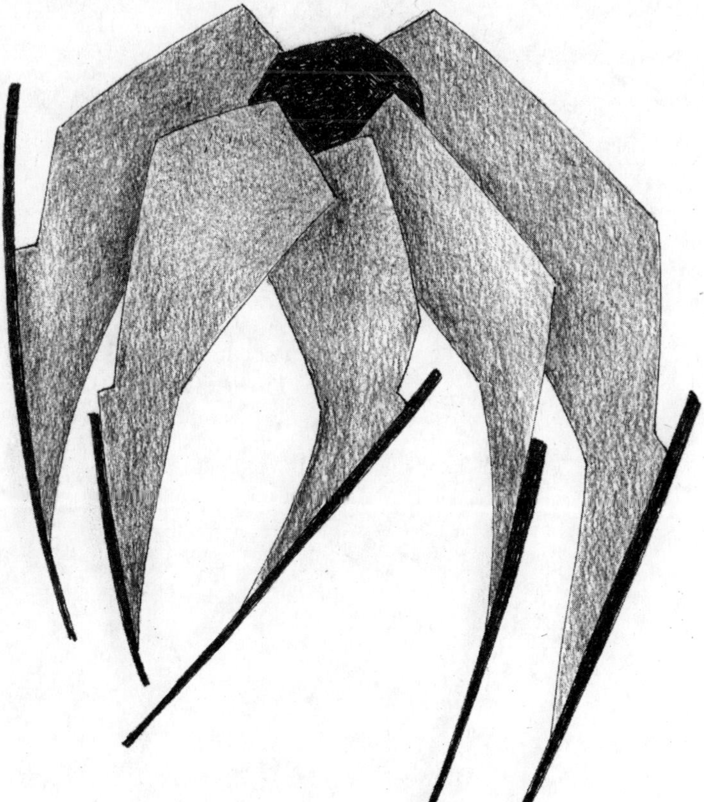

बँटवारा

ज़िन्दगी कभी-कभी ज़ख़्मी चीते की तरह जस्त लगाती दौड़ती है, और जगह-जगह अपने पंजों के निशान छोड़ती जाती है। ज़रा इन निशानों को एक लकीर से जोड़ कर देखिए तो कैसी अजीब तहरीर बनती है!

चौरासी-पचासी (84-85) की बात है, जब कोई एक साहब मुझे अमृतसर से अकसर ख़त लिखा करते थे कि मैं उनका 'तक़सीम' में खोया हुआ भाई हूँ। इक़बाल सिंह नाम था उनका और ग़ालिबन ख़ालसा कॉलेज में प्रोफेसर थे। दो-चार ख़त आने के बाद मैंने उन्हें एक मुफ़स्सल जवाब भी दिया कि मैं तक़सीम के दौरान देहली में था और अपने वालदैन के साथ ही था और मेरा कोई भाई या बहन उन फ़सादात में गुम नहीं हुआ था, लेकिन इक़बाल सिंह इसके बावजूद इस बात पर बज़िद रहे कि मैं उनका गुमशुदा भाई हूँ और शायद अपने बचपन के वाक्यात से नावाकिफ़ हूँ या भूल चुका हूँ। उनका ख़्याल था, कि मैं बहुत छोटा था जब एक काफ़िले के साथ सफ़र करते हुए गुम हो गया था। हो सकता है कि जो लोग मुझे बचाकर अपने साथ ले आये थे, उन लोगों ने बताया नहीं मुझे, या मैं उनका इतना एहसानमन्द हूँ कि अब कोई और सूरत-ए-हाल मान लेने के लिए तैयार नहीं। मैंने ये भी बताया था उन्हें कि 1947 में मैं इतना कमउम्र भी नहीं था। क़रीब ग्यारह बरस की उम्र थी मेरी। लेकिन इक़बाल सिंह किसी सूरत मानने के लिए तैयार नहीं थे। मैंने जवाब देना बन्द कर दिया। कुछ अरसे बाद ख़त आने भी बन्द हो गये।

क़रीब एक साल गुज़रा होगा कि बम्बई की एक फ़िल्मकार है, सई परांजपे, उनका एक पैग़ाम मिला, कोई हरभजन सिंह साहब हैं देहली में, मुझसे बम्बई आकर मिलना चाहते हैं। वजह मुलाक़ात सई ने नहीं बतायी, लेकिन कुछ पुर-इसरार क़िस्म के सवाल पूछे जिनकी मैं उनसे तवक़्क़ो नहीं करता था, पूछने लगीं,

"तक़सीम के दिनों में तुम कहाँ थे?"

"देहली में।" मैंने बताया, "क्यूँ?"

"यूँही।"

सई बहुत ख़ूबसूरत उर्दू बोलती हैं, लेकिन आगे अँग्रेजी में पूछा,

"और वालदैन तुम्हारे?"

"देहली में थे। मैं साथ ही था उनके। क्यूँ?"

थोड़ी देर बात करती रही, लेकिन मुझे लग रहा था जैसे अँग्रेजी का परदा डाल रही है बात पर क्योंकि मुझ से हमेशा उर्दू में बात करतीं, जिसे वो हिन्दी कहती हैं। सई आख़िर फूट ही पड़ीं।

"देखो गुलज़ार, यूँ है कि आई ऐम नाट सपोज्ड टू टैल यू, लेकिन देहली में कोई साहब हैं जो कहते हैं कि तुम तक़सीम में खोये हुए उनके बेटे हो।"

ये एक नयी कहानी थी।

क़रीब एक माह बाद अमोल पालेकर, बम्बई के मशहूर अदाकार, उनका फोन आया। कहने लगे,

"मिसेज़ दंडवते तुम से बात करना चाहती हैं। देहली में हैं।"

"मिसेज दंडवते कौन?" मैंने पूछा।

"ऐक्स फ़ाइनेंस मिनिस्टर ऑफ़ जनता गवर्नमेंट, मिस्टर मधु दंडवते की पत्नी।"

"वो क्यूँ?"

"पता नहीं, लेकिन वो किस वक़्त तुम्हें कहाँ पर फोन कर सकती हैं?"

मेरा कोई सरोकार नहीं था मिस्टर या मिसेज़ मधु दंडवते के साथ। कभी मिला भी नहीं था। मुझे हैरत हुई। अमोल पालेकर को मैंने दफ़्तर और घर के औक़ात बता दिये।

अफ़साना बल खा रहा था। मुझे नहीं मालूम था ये भी उसी सई वाले अफ़साने की कड़ी है, लेकिन अमोल क्योंकि अदाकार है और अच्छा अदाकार, अच्छी अदाकारी कर गया और मुझे इसकी वजह नहीं बतायी, लेकिन मुझे यक़ीन है कि वो उस वक़्त भी, वजह ज़रूर जानता होगा।

कुछ रोज़ बाद प्रमिला दंडवते का फोन आया। उन्होंने बताया कि देहली से एक सरदार हरभजन सिंह जी बम्बई आकर मुझसे मिलना चाहते हैं क्योंकि उनका ख़्याल है, मैं तक़सीम में खोया हुआ उनका बेटा हूँ। वो नवम्बर का महीना था, इतना याद है। मैंने उनसे कहा, "मैं जनवरी में देहली आ रहा हूँ इंटरनेशनल फ़िल्म उत्सव में। दस जनवरी को मैं देहली में रहूँगा, तभी मिल लूँगा। उन्हें यहाँ मत भेजिए।" मैंने उनसे ये भी पूछा कि सरदार हरभजन सिंह कौन हैं? उन्होंने बताया जनता राज के दौरान वो पंजाब में सिविल सप्लाई मिनिस्टर थे।

जनवरी में देहली गया। अशोका होटल में ठहरा था। हरभजन साहब के यहाँ से फोन आया कि वो कब मिल सकते हैं। तब तक मुझे ये अन्दाज़ा हो चुका था कि वो कोई बहुत मुअतबर बुज़ुर्ग इनसान हैं। बात करने वाले उनके बेटे थे। एहतरामन मैंने अर्ज़ किया, ''आप उन्हें ज़हमत न दें। कल दोपहर के वक़्त आप तशरीफ़ लाएँ। मैं आपके साथ चलकर उनके दौलतख़ाने पर मिल लूँगा।''

हैरत हुई ये जानकर कि सई भी वहाँ थी, अमोल पालेकर भी वहीं थे और मेरे अगले रोज़ की इस एपाइंटमेंट के बारे में जानते थे।

अगले रोज़ दोपहर को जो साहब मुझे लेने आये वो उनके बड़े बेटे थे। उनका नाम इक़बाल सिंह था।

पंजाबियों की उम्र हो जाती है, लेकिन बूढ़े नहीं होते। उठकर बड़े प्यार से मिले। मैंने बेटों की तरह ही 'पैरी पौना' किया। उन्होंने माँ से मिलाया।

''ये तुम्हारी माँ है बेटा।''

माँ को भी 'पैरी पौना' किया। बेटे उन्हें दारजी कहके बुलाते थे। दूसरे बेटे, बहुएँ, बच्चे, अच्छा-ख़ासा एक परिवार था। काफ़ी बड़ा पर घर। ये खुलापन भी पंजाबियों के रहन-सहन में ही नहीं, उनके मिज़ाज में शामिल है।

तमाम अलैक-सलैक के बाद कुछ खाने को भी आ गया, पीने को भी आ गया और दारजी ने बताया कि मुझे कहाँ खोया था।

''बड़े सख़्त दंगे हुए जी हर तरफ़ आग ही आग थी और आग में झुलसी हुई ख़बरें, पर हम भी टिके ही रहे। ज़मींदार मुसलमान था और हमारे पिताजी का दोस्त था और बड़ा मेहरबान था हम पर, और सारा क़स्बा जानता था कि उनके होते कोई बे-वक़्त हमारे दरवाज़े पर दस्तक भी नहीं दे सकता था। उसका बेटा स्कूल में मेरे साथ पढ़ा था (शायद अयाज़ नाम था) लेकिन जब पीछे से आने वाले काफ़िले हमारे क़स्बे से गुज़रते थे तो दिल दहल जाता था। अन्दर ही अन्दर काँप जाते थे हम। ज़मींदार रोज़ सुबह और शाम को आकर मिल के जाता था। हौसला दे के जाता था। मेरी पत्नी को बेटी बना रखा था उसने।

एक रोज़ दोहइयाँ देता, ऐसा एक काफ़िला गुजरा कि सारी रात छत के मुँडेर पर खड़े गुज़री। हम ही नहीं, सारा क़स्बा जाग रहा था, लगता था वही आख़िरी रात है, सुबह प्रलय आने वाली है। हमारे पाँव उखड़ गये। पता नहीं क्यूँ लगा कि बस यही आख़िरी काफ़िला है, अब निकल लो। इसके बाद कुछ नहीं बचेगा। अपने मोहासिन, अपने ज़मींदार से दग़ा करके निकल आये।

वो रोज़ कहा करता था, ''मेरी हवेली पर चलो, मेरे साथ रहो। कुछ दिन के

लिए ताला मार दो घर को। कोई नहीं छुएगा।''

लेकिन हम झूठमूठ का हौसला दिखाते रहे। अन्दर-ही-अन्दर डरते थे। सच बताऊँ सम्पूर्ण काका, ईमान हिल गये थे, जड़ें काँपने लगी थीं। सारे काफ़िले उसी रास्ते से गुज़र रहे थे। सुना था मियाँवाली से होकर जम्मू में दाख़िल हो जाओ तो आगे नीचे तक जाने के लिए फ़ौज की कुमक मिल जाएगी।

घर वैसे के वैसे ही खुले छोड़ आये। सच तो यह है कि दिल ने बाँग दे दी थी, अब वतन की मिट्टी छोड़ने का वक़्त आ गया। कूच कर चलो। दो लड़के बड़े, एक छोटी लड़की आठ-नौ बरस की और सबसे छोटे तुम! दो दिन का सफ़र था मियाँवाली, पैदल। खाने को जिस गाँव से गुज़रते कुछ-न-कुछ मिल जाता था। दंगे सब जगह हुए थे, हो भी रहे थे लेकिन दंगेवालों के लश्कर हमेशा बाहर ही से आते थे। मियाँवाली तक पहुँचते-पहुँचते काफ़िला बहुत-बहुत हो गया। कई तरफ़ से लोग आ-आकर जुड़ते जाते थे। बड़ी ढाढ़स होती थी बेटा, अपने जैसे दूसरे बदहाल लोगों को देखकर। मियाँवाली हम रात को पहुँचे। इसी बीच कई बार बच्चों के हाथ छूटे हम से, बदहवास होकर पुकारने लगते थे। और भी थे हम जैसे, एक कोहराम-सा मचा रहता था।

पता नहीं कैसे ये ख़बर फैल गयी कि उस रात मियाँवाली पर हमला होने वाला है। मुसलमानों का लश्कर आ रहा है। ख़ौफ़ और डर का ऐसा सन्नाटा कभी नहीं सुना, रात की रात ही सब चल पड़े।''

दारजी कुछ देर को चुप हो गये। उनकी आँखें नम हो रही थीं। लेकिन माँ चुपचाप टिकटिकी बाँधे मुझे देख रही थीं। कोई इमोशन नहीं था उनके चेहरे पर। दारजी बड़े धीरे से बोले।

''बस उसी रात उस कूच में छोटे दोनों बच्चे हमसे छूट गये। पता नहीं कैसे? पता हो तो...''

वो जुमला अधूरा छोड़कर चुप हो गये।

मुझे बहुत तफ़सील से याद नहीं बेटे, बहुएँ कुछ उठीं, कुछ जगह बदल के बैठ गये। दारजी ने बताया।

''जम्मू पहुँच कर बहुत अरसा इन्तज़ार किया। एक-एक कैम्प जाकर ढूँढ़ते थे और आने वाले काफ़िलों को देखते थे। बेशुमार लोग थे। काफ़िलों की शक्ल में ही कुछ पंजाब की तरफ़ चले गये, कुछ नीचे उतर गये जहाँ जिस किसी के रिश्तेदार थे। जब मायूस हो गये हम तो पंजाब आ गये। वहाँ के कैम्प खोजते रहे। बस एक तलाश ही रह गयी। बच्चे गुम हो चुके थे, उम्मीद छूट चुकी थी।

"कोई बीस-बाईस साल बाद एक जत्था हिन्दुस्तान से जा रहा था। गुरुद्वारा पंजा साहब की याद करने। बस, जी कर आया जाने के लिए। अपना घर देखने का भी कई बार ख़्याल आया था लेकिन ये भली मानस हमेशा इस ख़्याल से ही टूट के निढाल हो जाती थी।" उन्होंने अपनी बीवी की तरफ़ इशारा करते हुए कहा, "और फिर ये गिल्ट भी हम से छूटा नहीं कि हमने अपने क़स्बे के ज़मींदार का एतबार नहीं किया, सोच के एक शर्मिंदगी का एहसास होता था।

"बहरहाल हमने जाने का फ़ैसला कर लिया और जाने से पहले मैंने एक ख़त लिखा ज़मींदार के नाम और उनके बेटे अयाज़ के नाम और अपने किये की माफ़ी भी माँगी। अपनी हिजरत के हालात भी बताये, परिवार के भी और दोनों गुमशुदा बच्चों का जिक्र भी किया, सत्या और सम्पूर्ण का। ख़्याल था शायद अयाज़ तो न पहचान सके, लेकिन ज़मींदार अफ़ज़ल हमें नहीं भूल सकता। ख़त मैंने पोस्ट नहीं किया, सोचा वहीं जा के करूँगा। बीस-पच्चीस दिन का दौरा है अगर मिलना चाहेगा तो चाचा अफ़ज़ल ज़रूर जवाब देगा।

बुलाया गया तो जाएँगे, वरना अब क्या फ़ायदा क़ब्र खोल के? क्या मिलना है?"

एक लम्बी साँस लेकर हरभजन सिंह जी बोले,

"वो ख़त मेरी जेब में ही पड़ा रहा। पन्नीजी— मन माना ही नहीं! वापसी में कराची से होकर आया और जिस दिन लौट रहा था, पता नहीं, क्यूँ सूझी मैंने डाक में डाल दिया।

न चाहते हुए भी एक इन्तज़ार रहा, लेकिन कुछ माह गुज़र गये तो वो भी ख़त्म हो गया, आठ साल के बाद मुझे जवाब आया।"

"अफ़ज़ल चाचा का?" मैंने चौंक कर पूछा। वो चुप रहे। मैंने फिर पूछा। "अयाज़ का?" सर को हल्की-सी जुम्बिश देकर बोले, "हाँ! उसी ख़त का जवाब था। ख़त से पता चला कि तक़सीम के कुछ साल बाद ही अफ़ज़ल चाचा का इन्तेक़ाल हो गया था। सारी ज़मींदारी अयाज़ ही सँभाला करता था। चन्द रोज़ पहले ही अयाज़ का इन्तेक़ाल हुआ था। उसके काग़ज़-पत्तर देखे जा रहे थे तो किसी एक कमीज़ की जेब से वो ख़त निकला। मातमपुरसी के लिए आये लोगों में किसी ने वो ख़त पढ़ के सुनाया, तो एक शख़्स ने इत्तला दी कि जिस गुमशुदा लड़की का ज़िक्र है इस ख़त में वो अयाज़ के इन्तेकाल पर मातमपुरसी करने आयी हुई है मियाँवाली से। उसे बुलाकर पूछा गया तो उसने बताया कि उसका असली नाम सत्या है। वो तक़सीम में अपने माँ-बाप से बिछड़ गयी थी और अब उस का नाम दिलशाद है।"

माँ की आँखें अब भी ख़ुश्क थीं, लेकिन दारजी की आवाज़ फिर से रुँध गयी थी। "वाहे गुरु का नाम लिया और उसी रोज़ रवाना हो गये। दिलशाद वहीं मिली, अफ़ज़ल चाचा के घर। लो जी उसे सब याद था। पर अपना घर याद नहीं। हमने पूछा वह खोयी कैसे? बिछड़ी कैसे हमसे तो बोली, 'मैं चल-चल के थक गयी थी। मुझे बहुत नींद आ रही थी। मैं एक घर के आँगन में तन्दूर लगा था उसके पीछे जाके सो गयी थी। जब उठी तो कोई भी नहीं था। सारा दिन ढूँढ़ के फिर वहीं जा के सो जाती थी। तीन दिन बाद, उस घर वाले आये तो उन्होंने जगाया मुझे। मियाँ-बीवी थे। फिर वहीं रख लिया कि शायद कोई ढूँढ़ता हुआ आ जाये पर कोई आया ही नहीं। उन्हीं के घर नौकरानी-सी हो गयी। खाना-कपड़ा मिलता रहा पर बहुत अच्छी तरह रखा उसने फिर बहुत साल बाद, शायद आठ-नौ साल बाद मालिक ने मुझसे निकाह पढ़ाके अपनी बेगम बना लिया। अल्लाह के फ़ज़ल से दो बेटे हैं। एक पाकिस्तान एयर फोर्स में हैं, दूसरा कराची में अच्छे ओहदे पर नौकरी कर रहा है।"

राइटर्स को कुछ अजीब क़िस्म के सवालों की आदत होती है जिसकी ज़रूरत नहीं थी।

"वो हैरान नहीं हुई आपको देखकर? या मिलकर? रोयी नहीं?"

"नहीं, हैरान तो हुई, लेकिन ऐसी कोई ख़ास मुतास्सिर नहीं हुई।" दारजी ने कहा,

"बल्कि जब भी सोचता हूँ उसके बारे में तो लगता है, बार-बार मुस्करा देती थी हमारी बातें सुनकर, जैसे हम कोई कहानी सुनाने आये हैं। उसे लगा नहीं कि हमीं उसके माँ-बाप हैं।"

"और सम्पूरन, उसके साथ नहीं थी?"

"नहीं, उसे तो याद भी नहीं।"

माँ ने फिर वह कहा जो इन बातों के दरमियान दो-तीन बार कह चुकी थी।

"पुन्नी (सम्पूरन) तू मान क्यूँ नहीं जाता। क्यूँ छुपाता है हमसे। अपना नाम भी छुपा रखा है तूने। जैसे सत्या दिलशाद हो गयी, तुझे भी किसी ने गुलज़ार बना दिया होगा।"

थोड़े से वक़्फ़े के बाद फिर बोली,

"गुलज़ार किसने नाम दिया तुझे? नाम तो तेरा सम्पूरन सिंह है।"

मैंने दारजी से पूछा,

"मेरी ख़बर कैसे मिली आपको? या कैसे ख़्याल आया कि मैं आपका बेटा हूँ?"

"ऐसा है पुत्तर, वाहे गुरु की करनी, बेटी तीस-पैंतीस साल बाद मिल गयी, तो उम्मीद बँध गयी शायद वाहे गुरु बेटे से भी मिला दे। इक़बाल ने एक दिन तुम्हारा इंटरव्यू पढ़ा किसी परचे में और बताया तुम्हारा असली नाम सम्पूरन सिंह है और तुम्हारी पैदाइश भी उसी तरफ़ की है पाकिस्तान की तो उसने तलाश शुरू कर दी। हाँ, मैंने ये नहीं बताया तुम्हें कि उसका नाम इक़बाल, अफ़ज़ल चाचा का दिया हुआ है।"

माँ ने कहा, "काका तू जहाँ मरजी है रह! तू मुसलमान हो गया है तो कोई बात नहीं पर मान तो ले तू ही मेरा बेटा है, पुन्नी।"

मैं अपने ख़ानदान की सारी तफ़सील देकर एक बार फिर हरभजन सिंह जी को नाउम्मीद करके लौट आया।

इस बात को भी सात-आठ साल हो गये।

अब सन् 1993 है!

इतने वर्षों बाद इक़बाल की चिट्ठी मिली और भोग का कार्ड मिला कि सरदार हरभजन सिंह जी परलोक सिधार गये। माँ ने कहलवाया है कि छोटे को ज़रूर ख़बर देना।

मुझे लगा जैसे सचमुच मेरे दारजी गुज़र गये।

दुम्बे!

सुचीतगढ़, एक छोटा-सा देहात है, इस तरफ़ हिन्दुस्तान में। स्यालकोट एक बड़ी जगह है, उस तरफ़ पाकिस्तान में।

कैप्टन शाहीन, एक हैंडसम रिटायर्ड फ़ौजी हैं, न्यूयार्क में। 'कश्मीर' नाम से एक रेस्टोरेंट चलाते हैं। उनके दफ़्तर की शक्ल मुहाज़ के एक 'बंकर' की सूरत है। छत पर भी प्लास्टिक की बनी हरी पत्तियों से बनायी जाली लगा रखी है। एक तरफ़ बहुत-सी टोपियाँ टाँग रखी हैं। फ़ौजी बूट रखे हैं, एक वर्दी टाँग रखी है।

अमजद इस्लाम 'अमजद' ने मुझे दोपहर के खाने पर वहाँ मदुआ किया था। और वकील अंसारी आकर मुझे वहाँ ले गये थे। वो उस तरफ़ से हैं, लेकिन इस तरफ़ के तमाम उर्दू शोअरा और अदीबों को अपने यहाँ मदुआ करते रहते हैं। और अपने उर्दू के शौक़ को तसकीन देते हैं।

जश्ने गोपीचन्द नारंग, अमेरिका में कई जगहों पर मना चुके हैं। अपना एक होटल है उनका। वही रोज़गार का ज़रिया है। सरदार जाफ़री, इस तरफ़ के, और अहमद फ़राज उस तरफ़ के, अकसर उनके घर पर ठहरे हैं। वकील अंसारी का महबूब जुमला है, "ज़िन्दगी तीतर बटेर होके रह गयी है।" या कभी-कभी "हम लोग तो तीतर बटेर हो गये हैं।" बड़ा ओरिजनल जुमला है। पहले कभी नहीं पढ़ा। न इस तरफ़। न उस तरफ़।

कैप्टन शाहीन के रेस्टोरेंट पर मदुआ करते हुए अमजद भाई ने कहा, "न्यूयार्क में अगर इस्टर्न खाना, खाना हो तो इससे बेहतर जगह और कोई नहीं मिल सकती।" जब हिन्दुस्तानी खाना कहना हो या पाकिस्तानी तो अमजद भाई बहुत एहतियात से काम लेते हैं और उसे पंजाबी भी नहीं, 'इस्टर्न' कहते हैं। और कश्मीर का तो नाम भी नहीं लेते।

लेकिन कैप्टन शाहीन, फ़ौजियों की तरह बड़े दिलदार आदमी हैं। हँस के कहते हैं, "अजी कश्मीर पर तो दोनों ही अपना हक़ जताते हैं। इसलिए हमारा रेस्टोरेंट बहुत अच्छा चलता है।"

फ़ौज से किसी बात पर रूठ कर इस्तीफा दे दिया था। लेकिन फ़ौजी होने का फ़ख्र अब भी साथ है। कहते हैं, ''एक महीना और ठहर जाता तो 'मेजर' होकर रिटायर होता, लेकिन मुझे नाम के साथ कैप्टन कहलवाना ज़्यादा अच्छा लगता था।''

सन् 1971 की जंग में हिस्सा लिया था और बता रहे थे कि उस जंग में ''सारा ऐक्शन बंगाल की तरफ़ हुआ था। पंजाब की तरफ़ छोटी-मोटी झड़पें हुईं।'' और उसी में वो 'स्यालकोट' सेक्टर के एक मोर्चे पर ऐक्शन में शमिल थे।

अब हल्की-सी दाढ़ी रख ली है और बात करते हुए मूँछों को बार-बार सहलाते रहते हैं। मैंने पूछा था कि, ''वो कौन-सा जज़्बा होता है, जो आदमी को सोल्जर बनाता है?''

''वो जी, एक ठाठ की बात होती है। वर्दी की शान, और रुतबे की टोपी लगाना, एक शख़्सियत देती है आदमी को। और उसके अलावा मरने-मारने की कोई तमन्ना नहीं होती।'' और फिर ख़ुद ही हँस दिये, ''हमारी लड़ाई भी कोई लड़ाई है? हिन्दुस्तान-पाकिस्तान की लड़ाई! ऐवईं स्कूल के बच्चों की तरह लड़ते रहते हैं। इसकी बाँह मरोड़, उसका घुटना तोड़। इसकी सिलेट तोड़ दी, उसकी तख़्ती छीन ली। कभी निब चुभो दी। कभी स्याही गिरा दी। याद है स्कूल में थे तो दुम्बों की लड़ाई देखने जाया करते थे। आप भी गये होंगे!''

वो बड़े 'डाउन टू अर्थ' इनसान लगे। लहजे में कमाल की ईमानदारी थी। मैंने कुछ पूछा जिस पर जवाब में कहने लगे, ''फ़ौजी को भी पहले पहल डर ज़रूर लगता है। लेकिन दो-तीन गोलियाँ चला लेने के बाद ख़ुशबू उड़ती है। फ्रंट पर गोलियाँ चलाते हुए उसका नशा हो जाता है। थोड़ी देर गोलियाँ ना चलें तो कभी-कभी नशा टूटने भी लगता है। किसी को लगना लगाना ज़रूरी नहीं होता!'' फिर बोले, ''आदमी ख़ौफ़ से भी मानूस हो जाए तो ख़ौफ नहीं रहता।''

मुझे लगा जैसे कह रहे थे, फ्रंट पर मौत से मानूस हो जाने की बात है। आ जाएगी जब आना होगा।

वो बता रहे थे, ''शुरू-शुरू में जब ट्रेनिंग होती है। और ज़मीन पर लेटकर, कुहनियाँ-घुटने छिलते हैं, तो कई बार ख़्याल आता है ये नौकरी जारी रखें या छोड़ दें।''

लेकिन जब किसी ग़लती पर आपका 'ब्रिगेडर' आपको चिल्ला कर खड़ा करता है और पूछता है, 'कहाँ के हो? ज़रा ज़ोर से बोलो!' तो साहब यक़ीन मानिए अपने गाँव, या इलाक़े का नाम मुँह से नहीं निकलता। बड़ी शर्मिन्दगी होती है!''

शायद यही बात आगे चलकर फ़ौजी के लिए अपने मुल्क की इज़्ज़त बन जाती है!

कैप्टन शाहीन ने बताया, "सुचीतगढ़ एक छोटा-सा देहात है, उस तरफ़! गिने चुने घरों का। कुछ तो पहले ही ख़ाली हो चुका था क्योंकि मुहाज़ के बहुत क़रीब था, कुछ हमारे पहुँचने पर ख़ाली हो गया। एक-एक घर का मुआयना कर लेना ज़रूरी था। क्योंकि कोई भी इलाक़ा बिना किसी मुकाबले के फ़तह हो जाए तो उसमें दुश्मन की किसी चाल का शुबा होने लगता है।"

कैप्टन शाहीन का कहना ये भी था कि, इस तरफ़ और उस तरफ़ के लोगों और फ़ौजियों के मिज़ाज में काफ़ी फ़र्क़ है, "है वही पंजाब, लेकिन इस तरफ़ के फ़ौजी भी, और लोग भी अग्रेसिव हैं। और उस तरफ़ के ज़रा ठंडे स्वभाव के लोग हैं। उस तरफ़ की खेती-बाड़ी और कुएँ, सरहद की लकीर तक आते हैं। हमारे इस तरफ़ के बॉर्डर दो-तीन सौ गज छोड़कर चौकियाँ बनाते हैं, और घर बसाते हैं, ऐसी जगहों पर ये भी होता है कि दोनों तरफ़ छोटे-छोटे पाँच-सात सिपाहियों के दस्ते गश्त करते रहते हैं। और अकसर इतने पास होते हैं कि एक-दूसरे का सिगरेट भी जला सकते हैं।"

इस तरफ़ के फ़ौजी अमूमन पंजाबी होते हैं और उस तरफ़ अकसर ग़ैर पंजाबी मिल जाते हैं। लेकिन इस तरफ़ वाले बुला भी लेते हैं। 'क्युँ भई, कहाँ के हो?'

कोई मदरासी हो तो अँग्रेजी में जवाब देते हैं, वरना आम तौर पर उर्दूनुमा हिन्दी ही सुनाई देती है। सुचीतगढ़ फतेह करने के बाद में चार-पाँच सिपाहियों को साथ लेकर घरों की तलाशी ले रहा था कि एक कोठरी का दरवाज़ा धकेला तो सहमा हुआ एक लड़का कोने में दुबका हुआ नज़र आया। सिपाहियों ने मुड़ के मुझे आवाज़ दी, 'सर जी!'

मैं आया तो अचानक ही वो लड़का लपका और मुझसे लिपट गया। सिपाहियों ने छुड़ाया उसे। और मुझे समझ नहीं आया, क्या करूँ?

उसके माँ-बाप का पूछा तो वो कोई जवाब नहीं दे पाया। बहुत डरा हुआ था। कँपकँपा रहा था। मैंने उसे भाग जाने के लिए भी कहा, लेकिन वो नहीं गया, मैं उसे जीप में बिठा कर पिछली चौकी तक ले आया। रोटी शोटी दी और एक कोने में बिस्तर डाल के सो जाने के लिए कह दिया। जवानों से कह दिया, किसी से ज़िक्र न करें। उसूलन वो हमारा प्रिज़नर ऑफ वॉर था और फ़र्ज़ बनता था कि 'हैडक्वार्टर' में ख़बर कर दूँ और दूसरे 'प्रिज़नर' के साथ जेल में डाल दूँ।

पता नहीं क्यों, उसकी मासूम-सी आँखें देख कर जी नहीं चाहा, वो इस तरह

की आफ़त से गुज़रे।

अगले रोज़ दफ़्तर के वक़्त मैं अपने बिल्ले-शिल्ले उतार के उसी बॉर्डर वाले गाँव पर गश्त करने चला गया। गाँव से ज़रा हट के एक खेत था। दूर 'ट्यूबवैल' पर एक बुजुर्ग सरदार को मुँह हाथ धोते देखा तो आवाज़ दी, "सरदार जी, ओए इधर आ!" हाथ के इशारे से पास बुलाया तो अपनी पगड़ी के शुमले से मुँह पोंछता हुआ चला आया, मैंने पूछा, "तुम गये नहीं?"

बड़ी हैरत से पूछा उसने, "कहाँ?"

"गाँव छोड़ के चले गये सब। तुम क्यों नहीं गये?"

उसने हाथ उठा के ताना दिया,

"लय! गाँव तो उस तरफ़ छोड़ के आया था। तेरे पास! अब खेत लेने आया है क्या?"

सरदार ग़ुस्से में लग रहा था। मैंने ठंडा करने की कोशिश की और बताया कि, "सुचीतगढ़ से सात-आठ बरस का एक लड़का उस तरफ़ आ गया है। उसके माँ-बाप शायद गाँव छोड़ के चले गये हैं।"

"तो?"

"उसे ले आऊँ तो उसके माँ-बाप तक पहुँचा देगा?"

सरदार सोच में पड़ गया। बड़ी देर बाद, उसने मुंडी हिलायी, "ठीक है।"

मैंने कहा, "शाम को पाँच बजे आ जाना। मैं लेकर आऊँगा।"

कैप्टन शाहीन ने कहा, "पीले-पीले दाँतों की ऐसी हँसी मैंने पहले कभी नहीं देखी थी।" सरदार ने हँस के कहा, "उसे छोड़ दे। मुझे ले जा। मेरा गाँव उस तरफ़ है। स्यालकोट के आगे। छजरा!" और झूमता हुआ वापस चला गया। गाँव के नाम ही से मस्त हो गया।

उस शाम मैं जा नहीं सका। हमारा कमांडर दौरे पर आ गया था और उस लड़के को छुपा के रखने में, समझो बस जान ही निकल गयी। खिला-पिला के उसे कंट्रोल रूम की परछती पर छुपा रखा था। जल्दी से निकाला और पीछे पैख़ाने में छुपा दिया। कमांडर जब कंट्रोल रूम में आया तो वहाँ से निकल के स्टोर रूम की बोरियों में छुपा हुआ। सब की जान पर बनी थी, क्योंकि क़ानूनन ये सरासर जुर्म था और पता चल जाता तो हममें से कई अफसर सस्पेंड किये जा सकते थे। एक बार तो जी चाहा कि दो सिपाहियों से कहूँ कि एक बोरी में डाल के, सरदार के खेत में फेंक कर आ जाए। जब तक कमांडर रहा। हमारी जान पर बनी रही।

बंगाल के ऐक्शन की ख़बरें आ रही थीं। जो बहुत मायूसकुन थीं। भारतीय

फ़ौजें मुक्तिवाहिनी का साथ दे रही थीं और याहिया ख़ान... ख़ैर छोड़िए।'' वो चुप हो गये।

एक वक़्फ़ा गया, कैप्टन की आँखें नम होने लगीं, बोले,

''अगले दिन भी फ़ौजी टुकड़ियों की बहुत मूवमेंट रही। सारा दिन निकल गया। शाम का वक़्त था और सूरज गुरूब होने वाला था जब उस लड़के को साथ लेकर बॉर्डर लाइन पर पहुँचा। मुझे हैरत हुई। सरदार मेरा इन्तज़ार कर रहा था। चार-पाँच सिपाहियों की एक टुकड़ी भी उसके साथ थी। उसी में से एक ने पूछा, 'कैप्टन हो कि मेजर?' फ्रंट पर हमारे फीते नहीं लगे होते, फिर भी कोई बड़ा अफ़सर हो तो पहचाना जाता है। वो भी कोई कैप्टन मेजर ही था। मैंने आगे बढ़ के हाथ मिलाया। और लड़का उसके हवाले किया।

''यहीं सुचीतगढ़ का है। घर में छुपा बैठा था।''

अफसर ने ज़रा सख़्ती से पूछा, ''क्यों रे? कहाँ का है? माँ-बाप कौन हैं तेरे?''

लड़का फिर से सहम गया था। आँख उठा के मेरी तरफ़ देखा और बोला, ''चाचा, मैं यहाँ का नहीं हूँ। उस तरफ़ का हूँ।''

उसने हमारी तरफ़ इशारा किया, ''स्यालकोट के आगे, छजरा का हूँ!''

सब भौचके रह गये।

मैंने सरदार की तरफ़ देखा। उसके पीले-पीले दाँत निकल आये। उसने आगे बढ़ के उसके सर पर हाथ रख दिया। और छलकी हुई आँखों से पूछा, ''अच्छा? छजरा का है तू?''

मैंने डाँट से पूछा, ''तो यहाँ क्या कर रहा था?''

लड़के के आँसू निकल आये बोला, ''स्कूल से भाग के आया था, लड़ाई देखने!''

कैप्टन शाहीन कह रहे थे,

''यक़ीन मानिए, हम दोनों फ़ौजी उसके सामने, दो बेवकूफ मास्टरों की तरह खड़े थे। और हमारी शक्लें दुम्बों जैसी लग रही थीं!''

गागी और सुपरमैन

'सुपरमैन' के विडियो कैसेट और कॉमिक्स बुक्स का ढेर लग गया था मेरे घर पर। शुरू-शुरू में तो उनकी ढेरियाँ सिर्फ़ बच्चों के कमरे ही में नज़र आती थीं। लेकिन आहिस्ता-आहिस्ता वे, सरक-सरका कर मेरे बुक शेल्फ़ में भी सराइयत करने लगीं। एक किताब निकालूँ तो दो तीन सुपरमैन नीचे आ गिरते। थोड़ी देर उलझन होती और फिर मैं भी कहीं-न-कहीं, किताबों के पीछे ही धकेल देता उन्हें। दो-तीन बार ये भी हुआ कि मैंने उमी से कहा, "ये सब निकाल के रद्दी में क्यों नहीं बेच देतीं?"

"मम्मी नो... !" बुचकी पता नहीं कहाँ से निकल आयी। उसके हाथ में उस वक़्त भी एक सुपरमैन बुक थी। अँग्रेजी में बोली, "पापा! हाऊ कैन यू?... सुपरमैन इज़ सुपरमैन! आप अपनी थोड़ी-सी किताबें बेच दो ना! सुपरमैन को भी तो जगह चाहिए।" उमी हँसी के साथ वापस चली गयी, ये कहते हुए।

"अभी तो वीडियो आने बाक़ी हैं। इनका कमरा भर चुका है।"

"लेकिन इतने सारे आते कहाँ से हैं?"

"गागी लाती है!"

गागी मेरी बेटी की हमउम्र थी, हमजमात थी। लेकिन स्कूल अलग-अलग थे। अपनी आधी उम्र से थोड़ा कम मेरे घर में पली थी और बाक़ी अपने माँ-बाप के साथ। विकास देसाई और अरुणा राजे। वह ग्यारह बरस ज़िन्दा रही।

दिन-रात बस यही काम था इन बच्चों का। टीवी पर सुपरमैन देखना और सुपरमैन कॉमिक्स बुक्स पढ़ना। मना करते तो फ़ौरन अपनी मार्क्स-शीट दिखा देते। ये तीनों-चारों बच्चे, सभी अव्वल रहते थे अपनी क्लास में। सिर्फ़ पढ़ाई में ही नहीं, हर काम में।

एक दिन बहुत तंग आया, तो मैंने सबको डाँट दिया। गागी बोली, "अंकल, सुपरमैन इज़ लाइक गॉड! गॉड के जैसे वो भी सब कुछ कर सकता है!" बड़ी हाज़िर जवाब थी गागी।

नौ बरस की थी। जब पता चला था, उसे कैंसर है। बोन कैंसर। पग्गी और बुचकी! पग्गी बसू की बेटी थी। फ़िल्मकार होने की वजह से हम लोग अकसर मिलते रहते थे, और इसलिए हमारे बच्चों का किसी एक घर में जमा हो जाना स्वाभाविक हो गया। मेरी वाइफ़ क्योंकि साथ नहीं थी, इसलिए मेरे यहाँ सब बच्चे ज़्यादा आज़ादी महसूस करते थे। ज़्यादातर अड्डे यहीं जमते थे।

बँगलोर में एक बार एक साथ थे हम। विकास को स्विमिंग का बहुत शौक था। उसका ज़्यादा वक़्त स्विमिंग पूल ही में गुज़रता था। वहीं बच्चों को स्विमिंग की मशक़ भी कराता, और उनके साथ पानी के खेल खेलता रहता था। जसामत से ज़रा भारी था वो। गागी ने एक बार कहा,

"पापा, आप इतने मोटे हैं। पानी में डूबते क्यों नहीं?"

"पानी में बड़ी ताक़त है बेटा। बड़े-बड़े जहाज़ भी उठा लेता है।"

"मेरी घड़ी तो डूब गयी थी।"

विकास ने लाजवाब होकर अरुणा की तरफ़ देखा। अरुणा की हँसी छूट गयी, और देर तक हँसती रही। विकास खिसयाना महसूस करने लगा तो हम उठकर कमरे में चले गये। विकास जब गागी को लेकर आया तो वो थोड़ा-थोड़ा लँगड़ा रही थी। सबसे पहली अलामत गागी के पैर से वाज़य हुई। जब गागी को चलने में तकलीफ़ हुई तो उसके पैर का इलाज शुरू हुआ। कई तरह के जूते बदले और बनवाये गये। लेकिन उसके पाँव का दर्द नहीं गया। 'कथक' सीखने का बहुत शौक़ था उसे। वो बन्द हो गया। लेकिन मुँहज़बानी तोड़े बहुत बोलती थी। गाड़ी की तरफ़ भागते हुए। सीढ़ियाँ उतरते हुए। "तर कट ता थई थई... तर कट ता थई थई...।"

संगीत यूँ भी उसके घराने में था। छोटे दादा संगीतकार थे। वसन्त देसाई।

जब टाँग का दर्द मुसलसल रहने लगा, तो स्कूल के मामले में भी वक़्फ़े आने लगे। गागी कभी-कभी कथक क्लास की ख़्वाहिश ज़ाहिर करती थी। इसलिए अरुणा के घर पर एक डांस मास्टर का इन्तज़ाम कर दिया। लेकिन गागी अपने पाँव से, भारी घुँघरू पहन के, चलने का लुत्फ़ लेती थी। नाच नहीं पाती थी।

पहली बार डॉक्टर अधिकारी को शक़ हुआ कि तकलीफ़ पैर में या टख़नों में नहीं, पिंडली की हड्डी में है। एक्सरे से भी कुछ पता नहीं चला, तो दूसरे टेस्ट शुरू हो गये। विकास अपने चाचा वसन्त देसाई के यहाँ शिफ़्ट कर गया, जिनका घर 'जसलोक' अस्पताल के बिलकुल सामने था। पेडर रोड पर।

अधिकारी को शक हो गया था, लेकिन दो-तीन महीने तक वह अपनी उम्मीद

के टेस्ट लेता रहा। आख़िर एक दिन उसने रिपोर्ट दोनों के सामने रख दी। गागी बाहर के कमरे में बैठी थी। अरुणा और विकास, सन्नाए हुए अन्दर बैठे रहे। गागी का कैंसर साबित हो चुका था।

जब उठे तो दोनों ने क़सम खायी कि गागी के सामने रोएँगे नहीं। कभी नहीं! अकेले में कौन कितना रोया है, पता नहीं लेकिन सच है कि हमने उन्हें बाक़ी दो साल, इस अलमिये को बड़ी ज़िन्दादिली से लड़ते देखा। गागी की उम्र उस वक़्त नौ बरस की थी।

पुराने दोस्त, नयी सहेलियाँ, आंटियाँ और अंकल, और खेल, और विडियो, बन्दरवाला और भालूवाला... क्या कुछ नहीं हुआ गागी के कमरे में। गागी को कुछ सोचने का वक़्त नहीं दिया गया। विकास और अरुणा ने अस्पताल की संजीदगी घर तक नहीं आने दी। मुझे हैरत होती थी उन दोनों के हौसले पर। गागी उन दिनों 'अन्ताक्षरी' में एक्सपर्ट हो गयी थी। जब बाक़ी इलाज हार गये और बात ऑपरेशन पर आकर रुक गयी तो गागी को अमेरिका ले जाया गया। अब गागी जानती थी, उसे कैंसर हो गया है।

"लेकिन पैर में क्यों पापा?"

"बोन कैंसर है बेटा। टाँग की हड्डी है। ऑपरेशन से ठीक हो जाएगी। फैलने से पहले उसे कुरेद कर निकाल देंगे।"

अमेरिका में कई महीना इलाज चला। 'किमोथैरैपी' की वजह से गागी के सारे बाल चले गये। वो अपने सर पर हाथ फेर कर डर जाती थी, और डरी-डरी आँखों से माँ-बाप की तरफ़ देखती, तो वो हँस के कहते थे,

"गंजू! दो महीने बाद फिर बाल आ जाएँगे तेरे!"

"भई, मुझे तो गंजी अच्छी लगती है। यही तो नया स्टाइल है।"

"हाय युल ब्रिंयर!"

मेरा ख़्याल है, गागी को माँ-बाप की हँसी पर बहुत यक़ीन था कि वो ठीक हो जाएगी। डॉक्टर ने भी यही उम्मीद दिलायी थी, जब उसकी टाँग पर प्लास्टर बाँधकर वापस भेजा था।

अमेरिका से वापस आने के बाद, कुछ ही दिनों में उसकी टाँग से सड़ाँध आने लगी। बड़ी तकलीफ़ होती थी। डॉक्टर अधिकारी के बजाय, इस बार कोई और डॉक्टर आया। उसने फ़ौरन प्लास्टर खुलवा दिया। टाँग में जगह-जगह ज़ख़्म हो गये थे। सब कहते थे कैंसर तो नहीं है। लेकिन इलाज भी कोई नहीं कर पा रहा था। डॉक्टर दवाइयों की तरह बदलने लगे। तीन महीने के अन्दर-अन्दर, इस डर से कि

कहीं से फिर कैंसर न उगने लगे, गागी की दायीं टाँग काट दी गयी और उसे कथक, बिजली के क्रेमटोरियम में ले जाकर, जला दिया गया। बाक़ायदा मुर्दे की रसूमात के साथ!

गागी की नज़र छत से नीचे उतरी तो उसने बड़ी चुप-सी आवाज़ में पूछा, ''पापा, गॉड मुझे क्यों पनिश कर रहा है? मैंने तो कुछ किया भी नहीं।''

अरुणा ने उन्हीं दिनों में, कृष्ण की मूर्ति कमरे में लाकर रख दी थी। धूप जलाती थी और दिन-रात दीया जलता रहता था उसके सामने। प्रायश्चित के तौर पर मांस मच्छी खाना, सब छोड़ दिया... हालाँकि गागी, कभी-कभी कबाब या टिक्का माँग लेती तो मना नहीं करते थे। डॉक्टर से पूछ भी लिया था। उसने इजाज़त भी दे दी थी।

एक रोज़ जब नया डॉक्टर दाख़िल हुआ तो गागी ने पूछा था,

''फिर डॉक्टर बदल लिये पापा?''

''हाँ बेटा! उस डॉक्टर से कुछ नहीं हो सका।''

''इस गॉड से भी तो कुछ नहीं हुआ, पापा। और कोई गॉड नहीं है?''

अरुणा जैसी बात तो नहीं थी। पता नहीं क्यों उसके मुँह से निकला,

''वो सुपरमैन के जैसा ही है बेटा। किताबों में सब कुछ कर लेता है।''

शहरयार सुनो...

बड़ी शायरी के बड़े शायर फ़िराक़ थे, फ़ैज़ थे, फ़राज़ थे और शहरयार हैं।

शहरयार के यहाँ कोई हेड-लाइन नज़र नहीं आती। वे कोई नारा नहीं लगाते। फ़ैज़ अपनी बात को परचम की तरह तान देते हैं। फ़िराक़ अपनी बात का ऐलान करते थे। फ़राज़ भी। उनकी बात बड़ी वाज़य होती थी और सुर्ख़ी बन जाती थी। शहरयार इन सब से 'सटल (subtle)' शायर हैं। जिस तरह पढ़ते हैं, वैसा ही लिखते हैं। और जैसा लिखते हैं वैसे ही पढ़ते हैं। पूरे सब्र और तहम्मुल से बात करते हैं। उनका कहा, कँवल के पत्ते पर गिरी बूँद की तरह देर तक थिरकता रहता है। शेर सुन कर देर तक कान में गूँजता है।

वो घटा की तरह उमड़ कर नहीं आते। बेशतर शायरों की तरह। उठकर खिड़कियाँ बन्द नहीं करनी पड़तीं कि अन्दर के दरी, ग़ालीचे भीग जाएँगे। बल्कि उठ कर खिड़की खोलें तो पता चलता है कि बाहर बारिश हो रही है।

इंक़लाब की आवाज़ फ़ैज़ के यहाँ भी सुनाई देती हैं। फ़राज़ के यहाँ भी। लेकिन यूँ ख़ुद-कलामी के अन्दाज़ में सिर्फ़ शहरयार के यहाँ सुनाई देती है। आगाही है, लेकिन यूँ जैसे कन्धे पर हाथ रख कर कोई समझा रहा है :

उधर देखो हवा के बाज़ुओं में
एक आहट क़ैद है...
...अगर तुम चाहते हो
इस ज़मीं पर हुक्मरानी हो तुम्हारी
तो मेरी बात मानो
हवा के बाज़ुओं में क़ैद इस आहट को
अब आज़ाद कर दो!!

फ़ैसले की घड़ी' एक और ऐसी ही नज़्म है—

बारिशें फिर ज़मीनों से नाराज़ हैं
और समन्दर सभी ख़ुश्क हैं

खुरदरी, सख़्त बंजर ज़मीनों में क्या
बोइये और क्या काटिये!
आँख की ओस के चन्द क़तरों से क्या
इन ज़मीनों को सैराब कर पाओगे?...

मैं नक़्क़ाद नहीं, ना ही माहिरे-फ़न या ज़ुबान और ग्रामर का माहिर— मैं महज़ एक शहरयार का मद्दाह और उनकी शायरी को महसूस करने वाला शायर हूँ।

शहरयार उमूमन ग़ज़ल ही सुनाते हैं। किसी महफ़िल में हों या मुशायरे में। मगर मुझे उनका लहजा हमेशा नज़्म का लगता है। बात सिर्फ़ उतनी नहीं होती। जितनी वो एक शेर में बन्द कर देते हैं। थोड़ी देर वहीं रुको, तो हर शेर के पीछे एक नज़्म खुलने लगती है :

तुम्हारे शहर में, कुछ भी हुआ नहीं है क्या?
कि तुमने चीख़ों को, सचमुच सुना नहीं है क्या?

इस शेर के पीछे की नज़्म खोलो तो एक और शेर सुनाई देता है।

तमाम ख़ल्के ख़ुदा उस जगह रुकी क्यों है?
यहाँ से आगे कोई रास्ता नहीं है क्या?

रुकिए फिर चलिए...

लहूलुहान सभी कर रहे हैं सूरज को
किसी को ख़ौफ़ यहाँ रात का नहीं क्या?

तमाम शेर फिर से पढ़ जाइए और बताइए ये नज़्म नहीं है क्या?

शहरयार अपनी ग़ज़लों के लिए जाने जाते हैं। मेरा ख़्याल है शायद इसलिए कि उनकी ग़ज़ल का शेर सिर्फ़ एक उद्धरण बन कर रुक नहीं जाता। चलता रहता है। एक तसलसुल है। बयान में इख़्तिसार और लहजे की नर्मी उनका ख़ास अन्दाज़ है। सारा कलाम पढ़ जाओ, कहीं ग़ुस्से की ऊँची आवाज़ सुनाई नहीं देती। ज़ख़्म है, दर्द हैं, लेकिन चीख़ते नहीं :

सन्नाटों से भरी बोतलें बेचने वाले
मेरी खिड़की के नीचे फिर खड़े हुए हैं
और आवाज़ें लगा रहे हैं
बिस्तर की शिकनों से निकलूँ
नीचे जाऊँ

उनसे पूछूँ
मेरी रुसवाई से उनको क्या मिलता है?

पूरी नज़्म एक जुमले की तरह बहती है, और इसका दूसरा जुमला है

मेरे पास कोई भी कहने वाली बात नहीं है
सुनने की ताक़त भी कब का गँवा चुका हूँ।

नज़्म हो या ग़ज़ल हो, गुफ़्तगू का ये अन्दाज़ सरासर उनका अपना है। बन्दिशें इतनी आसान हैं कि कोशिश करो तो लिखना मुश्किल है। बात कहने में कोई 'प्रयास' नज़र नहीं आता। लगता है सोच रहे हैं, loud thinking कर रहे हैं :

तुझसे मिलने की, तुझको पाने की
कोई तदबीर, सूझती ही नहीं
एक मंज़िल पे रुक गयी है हयात
ये ज़मीं जैसे घूमती ही नहीं
अजीब चीज़ है ये, वक़्त जिसको कहते हैं
कि आने पाता नहीं और बीत जाता है!

"होठों से नहीं लिखी", "चुपके से इधर आ जाओ", "हवस सिवा कोई नहीं" एतराफ़न एक एक लम्बी साँस की नज़्में हैं। इख़्तिसार ख़ुसूसियत है। पाँच सात नौ मिसरों में नज़्म पूरी हो जाती है। बात सिर्फ़ इतनी ही कहते हैं जितनी तास्सुर दे जाये। बात को अफ़साना नहीं बना देते। शुरू-शुरू में, लम्बी नज़्में मिलती हैं, जैसे-जैसे उनका क़द ऊँचा होता गया, नज़्में छोटी होती गयीं। सारा काम एक बार फिर दोहराया तो एक और बात का एहसास हुआ, कोई Metropolis शहर नज़र नहीं आता और ना ही देहात नज़र आता है।

देहात है, मगर कहीं कहीं, दाग़ धब्बे की तरह। मगर छोटे शहर, या पुराने शहरों की तहज़ीब महकती है, बयान में भी मौज़ूआत में भी। मिडल क्लास के दर्द धड़कते हैं, जिन्हें सहलाने में उतना ही मज़ा आता है जितना भरते हुए ज़ख़्मों पर हाथ फेरने का मज़ा आता है।

रात-दिन, सूरज, प्यास, पानी— एहसास हर बार उनकी शक़्लें बदल देता है।

रात कभी सेहरा हो जाती है, कभी दरिया! और फिर दिन कभी दरिया हो जाता है कभी सेहरा।

दिन के सेहरा से जब बनी जाँ पर
रात के इस अथाह दरिया में
ख़्वाब की कश्तियों को खेते हैं...
(फ़रेब दर फ़रेब)

दो क़दम और... दूर है कितना
शब के सेहरा से, सुबह का दरिया

समेट लेता है जब चाँद अपनी किरणों को
तो दिन के गहरे समन्दर में डूब जाते हैं
यूँ ही हमेशा तुलू-ओ-गुरूब होते हैं!!
(साये)

बड़े कमाल का मिसरा है त

तुम प्यास की शिद्दत में भी सराब को दरिया नहीं कहने वाले।

और ताईद में अच्छा शेर है :

शदीद प्यास थी फिर भी छुआ न पानी को
मैं देखता रहा दरिया तेरी रवानी को

शराब पीने से, न आदमी छोटा होता है, न शायर! ग़ालिब नहीं हुए तो शहरयार क्यों होंगे? शराब इतने ही शौक से पी। लेकिन शराब का इससे ख़ूबसूरत सफ़र मैंने पहले नहीं पढ़ा।

अभी बोतलों के बदन में थी
अभी इक गिलास की तह में थी
अभी क़तरा-क़तरा लरज़ रही थी
लबों की ज़र्द, मुंडेर पर
अभी हलक़ में, अभी दिल में थी
अभी, हाँ अभी-अभी, बस अभी
किसी रेगज़ार में खो गयी...
(ज़िन्दगी की ख़्वाहिश)

कलाम पढ़ कर, वो किसी सियासी पार्टी के नहीं लगते। न ही किसी ख़ास रुझान से जुड़े नज़र आते हैं। लेकिन ऐसा भी नहीं कि वो मुल्क की सियासत से बेबहरा हों। या रिऐक्ट न करते हों। सियासत से मुतस्सिर होकर एक आम शहरी

की तरह इज़हार भी करते हैं और एहतजाज भी। लेकिन अपनी तरह। नारा नहीं लगाते, हवा में मुट्ठियाँ नहीं लहराते, लेकिन नाख़ुशी और मायूसी का इज़हार ज़रूर करते हैं। ख़ुश होने की यूँ भी सियासत में कोई वजह कभी नज़र नहीं आयी... ये एहतजाज और इसकी हरारत किस दरजा है कुछ–कुछ इन नज़्मों से नज़र आ जाती है।

(थर्मामीटर लगा कर देख लीजिए।)

दरिन्दों की लड़ाई की
कोई ताज़ा ख़बर जंगल से आयी है...

(ताज़ा क़ब्र)

नफ़रत भरे इस शहर में,
दिन–रात कटते हैं मेरे
मेरे बदन में ख़ून की मिक़दार कितनी है मुझे
बतलाने वाले हाथ भी लाचार हैं...

(ख़ौफ़ सा'त)

बेहिसी के सेहरा में
ख़ूँ को जज़्ब करने की
अब सकत नहीं बाक़ी...

(फ़सादात की जुबान से)

अवाम के लिए, अपनी एक नस्री नज़्म में लिखते हैं :

तुम्हारी तलवार ज़ंग आलूद है
इसलिए कि तुमने उसे कभी इस्तेमाल नहीं किया
और इस्तेमाल करते भी तो कैसे
तुम अपने दुश्मनों से नावाक़िफ़ थे

(सातवाँ दर)

एक और ग़ज़ल जो गिरहें खोलते जाओ तो नज़्म हो जाती है :

एक ही धुन है कि इस रात को ढलता देखूँ
अपनी इन आँखों से सूरज को निकलता देखूँ
ऐ जुनूँ तुझ से तक़ाज़ा है यही दिल का मेरे
शहरे उम्मीद के नक़्शे को बदलता देखूँ

(शाम होने वाली है)

अब ये भी मुमकिन नहीं कि पूरी-की-पूरी नज़्में यहीं सुना दी जायें। कुछ कुछ उद्धृत की हैं और आगे नुक़्ते लगा दिये हैं— एक और नज़्म जो बड़ी पुर-असर है :

उनवान है, 'आँख का काम है...'

आँख का काम है दीवार से रोज़न करना।

मर्द-औरत के रिश्तों पर सब नज़्में कहते हैं। उसमें कुछ बातें कोई नहीं कहता। हाँ, शहरयार कहते हैं और बड़े ख़ूबसूरत अन्दाज़ में कहते हैं। मर्द और औरत का वजूद असली लगता है। अफ़सानवी नहीं, तख़ियली नहीं।

रात तुझे सपने में देखा
तुझको छूने की ख़्वाहिश को
कितनी दुश्वारी से टाला—

(बुज़दिल होने का ख़ामियाजा)

तुम्हारे मेरे दर्मियाँ
हवस सिवा कोई नहीं—
कभी तुम अपने जिस्म से
अलग मुझे मिलो कहीं—

(हवस सिवा कोई नहीं)

ये तर्ज़े इज़हार बहुत अच्छा है और अनोखा है।

आओ मैं तुम पर हवस इसरार खोलूँ
लब तराज़ू में तुम्हें ता-देर तोलूँ...

(बदन के बन्द)

मेरा तो इरादा था
होंठ सीढ़ियों से मैं
आसमान तक जाऊँ
इस वजूदे ख़ाकी में
जिस्म कुछ ज़्यादा था।

(मेरा तो इरादा था)

और एक यह नज़्म तो मुझे इसलिए पसन्द है, कि वो शहरयार का लहजा है :

डूबती शाम के उस पार
खड़े थे जो लोग
हमने इन आँखों से देखा है
कि उन लोगों की
मुट्ठियाँ बन्द थीं
ये रीत कहाँ से आयी?

(नींद की किर्चे)

और आख़िर में एक शहरयार की तरफ़ से...

ज़मीं ने हम को बहुत देर में क़बूल किया
जले हुरूफ़ में ये बात लिखे जाते हैं!

और हाँ...

रवीन्द्र कालिया जी का मशकूर हूँ कि ये काम उन्होंने मुझे सौंपा। और शहरयार साहब का कि उन्होंने मंजूर कर लिया। वगरना उर्दू शायरी में मेरी क्या हैसियत है? कोई नहीं पूछता। हिन्दी वाले पूछ लेते हैं कि उन्हें हिन्दुस्तानी में उर्दू का लहजा अच्छा लगता है।

ज़फ़र हसन, लाहौर, का मशकूर हूँ, उन्होंने कुलियाते-शहरयार फ़ौरन कोरियर से मुझे भेज दी। ये किताब पाकिस्तान ही में छपी है। मेरी कोशिश है उसका ख़ुलासा रवीन्द्र कालिया साहब के लिए मुरत्तब कर दूँ। मैंने पूरी दियानतदारी से अपनी पसन्द का चुनाव किया है, किसी और का नहीं। शहरयार साहब का भी नहीं।

पोर्ट्रेट्स और मर्सिये

बिमल राय

शाम के कोहरे में बहता हुआ ख़ामोश नदी का चेहरा
गन्दुमी कोहरे में जलते हुए आँखों के चिराग़
इक लगातार सुलगता हुआ सिगरेट का धुआँ
नींद में डूबी हुई दूर की मद्धम आवाज़

अजनबी ख़्वाबों के उड़ते हुए सायों के तले
मोम की तरह पिघलते हुए चेहरे के नक़ूश
हर नये ख़्वाब की धुन सुनके बदल जाते हैं
ऐसा लगता है न सोएगा, न जागेगा, न बोलेगा कभी
शाम के कोहरे में बहता हुआ ख़ामोश नदी का चेहरा!

सलिल चौधरी

कँपकँपाती हुई तालाब के पानी की सतह
सूत के तागों से बाँधे हुए सैलाब का शोर
हलकी-सी ज़र्ब से झन्ना के बज उठते हैं
तेज़ चाकू के तराशे हुए चेहरे के नक़ूश
मुज़्तरिब चेहरे पे उड़ते हुए आँखों के हुरूफ़
इक तजस्सुस में हैं, लगता है किसी भी पल
जैसे ही सफ़े से घबरा के ये उड़ जाएँगे

अपने ही आप से घबरा के न छुट जाए कहीं
ख़ुद से उलझी हुई ऐसी परवाज़!

मीना जी

आँखें बन्द करके सो गयी
और मर गयी!
उसके बाद उसने साँस भी न ली!!
एक लम्बी हादसात से भरी
पेचदार ज़िन्दगी के बाद,
कितनी सीधी और सहल-सी मौत थी!!

ग़ालिब

बल्लीमाराँ के मोहल्लों की वो पेचीदा दलीलों की-सी गलियाँ
सामने टाल के नुक्कड़ पे, बटेरों के क़सीदे
चन्द दरवाज़ों पे लटके हुए बोसीदा से कुछ टाट के परदे
और धुँधलाई हुई शाम के बेनूर अँधेरे साये
ऐसे दीवारों से मुँह जोड़ के चलते हैं यहाँ
चूड़ीवालान के कटरे की 'बड़ी बी' जैसे
अपनी बुझती हुई आँखों से दरवाज़े टटोले

इसी बेनूर अँधेरी-सी 'गली क़ासिम' से
एक तरतीब चिराग़ों की शुरू होती है
एक कुरान-ए-सुख़न का भी वर्क़ खुलता है
'असद उल्लाह ख़ाँ ग़ालिब' का पता मिलता है!

रवीन्द्रनाथ टैगोर

गाँव से लगी हुई नदी है,
जिस पर बारह मास बूँद-बूँद आसमाँ बरसता है
जलतरंग बजता है
"जोल पोड़े, पाता नोड़े... (पानी पड़े, पत्ता हिले) पाता नोड़े, जोल पोड़े,"
सारा गाँव जलतरंग के बोल,
क्यारियों में बो के सींचा करते हैं
बीज फूटते हैं तो,
कोंपलें निकलती हैं, पर-लगे ख़्यालों की
लफ़्ज़ अब पलक-पलक उठा के देखते हैं सब
नज़्म आँख खोलती है शाख़ पर!
इक फ़सल की तरह
उगा हुआ ज़मीन पर
एक शख़्स
आसपास बारह मास गुनगुनाता है
जोल पोड़े, पाता नोड़े...
पाता नोड़े, जोल पोड़े,
गाँव से लगी हुई नदी है, इक भरी हुई
जिस पे बारह मास बूँद-बूँद आसमाँ बरसता है!!

पंचम

याद है, बारिशों का दिन पंचम
जब पहाड़ी के नीचे वादी में
धुन्द से झाँक कर निकलती हुई
रेल की पटरियाँ गुज़रती थीं
धुन्द में ऐसे लग रहे थे हम
जैसे दो पौधे पास बैठे हों
हम बहुत देर तक वहाँ बैठे
उस मुसाफ़िर का ज़िक्र करते रहे
जिसको आना था पिछली शब, लेकिन
जिसकी आमद का वक़्त टलता रहा
देर तक पटरियों पे बैठे हुए
ट्रेन का इन्तज़ार करते रहे
ट्रेन आयी न उसका वक़्त हुआ
और तुम यूँ ही दो क़दम चल कर
धुन्द पर पाँव रखके चल भी दिये।
मैं अकेला हूँ धुन्द में पंचम!!

गोपीचन्द नारंग

दो पहियों से चलता दरिया
इक पाँव पे ठहरी झील
झील की नाभि पर रक्खी है
उर्दू की रोशन कन्दील
रोशनी जब भँवराती है तो
झील भँवर बन जाती है!

भँवर भँवर, मेहवर, मेहवर,
इल्म का साग़र छलक रहा है
तश्ना-ए-लब सब ओक लगाये, देख रहे हैं
छलकेगा तो नूर गिरेगा
नूर गिरेगा, नूर पिएँगे!

अहमद नदीम क़ासमी

इक घना पेड़ है जिसकी घनी छाँव में
धूप उतरती है तो उतनी सी ज़मीं पर जैसे
सैकड़ों लफ़्ज़ों के सिक्के से बिखर जाते हैं
गोल, चौकोर, चमकदार, तलाई सिक्के,
जाने क्या लिखती है छाँव में पड़ी धूप वहाँ

मैं भी उस पेड़ की छाँव में गया हूँ बरसों
और भर लेता था इन सिक्कों से जेबें अपनी
और तनहाई को पहलू में बिठा कर अकसर
पहरों आहंग सुना करता था उन सिक्कों की

उनपे उभरे हुए चेहरों को पढ़ा करता था
कोई अफ़साना सुनाता था, कोई नज़्म कभी
अदब-ओ-शेर के गुलशन में बहुत ज़िक्र सुना है
उसकी घनी छाँव का... !

अब भी जाता हूँ मैं जब अपने सख़ी पेड़ के पास
तो वो भर देता है झट से मेरी ख़ाली झोली
नयी नज़्मों, नयी ग़ज़लों, नये अफ़सानों से
वो सख़ी पेड़ मेरा दोस्त, मेरा बाबा है
वो जिसे लोग बड़े प्यार से कहते हैं 'नदीम'!

एक मर्सिया—बाबा...

जब चिराग़ बुझता है
इक धुआँ-सा उठता है
आफ़ताब शाम को
जब गुरूब होता है
टीन का फ़लक भी तो
देर तक सुलगता है
पत्ते टूटते हैं तो
थोड़ी दूर उड़ते हैं
तुम ने जाते वक़्त क्यों
मुड़ के देखा भी नहीं
साँस रोकी और तुम
मिट्टी ओढ़ सो गये!

जीबनानन्द दास... मोने पोड़े

मैं आधी नींद में था उसने जब आवाज़ दी थी
वो शायद कूद के उतरा था चलती ट्राम से और...
और झील के पानी में पाँव जा पड़ा था
झील के पानी से राजहंस अपने दोनों
पंख खोले, शायें शायें उड़ गया था!
'शुनाली' धूप की महकार पंखों से गिरा के
चील अपने आशियाँ में लौट आई!

मैं आधी नींद में हूँ...
धुआँ है, झुटपटा है शाम का, जाड़ों का कोहरा,
और उसमें ट्राम की दो पटरियाँ हैं
पटरियों में खूँ चमकता है
कोई दो पटरियों के बीच पढ़ता आ रहा है नज़्म 'बंगला' में
'हजार बछोर धोरे आमि पॉथ हांटीतेछी, पृथवीर पॉथे...'
किसी बादल ने चेहरा ढाँप रक्खा है
नज़र आती हैं लेकिन दो सियाह आँखें
"मोने पोड़े नाटोरेर बनलता सेन... !"

जतिन दास

एक मुसव्विर,
हाथ उठाकर,
चाँद के चाक से फिर आकाश पे गर्म लकीरें खैंच रहा है

पैलट के ऊपर रक्खी है गर्म शफ़क़
लिपटाता है, खोलता है, आकाश का कैन्वस
उँगलियों से लिपटी हुई है,
कुछ नौ ज़ाईदा जिस्मों की गीली मिट्टी!

जिस्मों के कूज़ों पे झुक कर,
सूरज के क़तरे से टपका के,
चेहरों के नुस्ख़े लिखता है,
साँसें लेती आँखें उनके ऊपर रखके,
ढूँढता है,
इन चेहरों में कौन-सा चेहरा उसका है!

मर्सिया—बासु

हस्पताल ले गये थे उसको हम
दर्द होता था उसे
पेट में... कभी-कभी
दर्द होता था तो नाग की तरह वो अपना सारा जिस्म
पेट में लपेट लेता था
साँस फूल जाती थी
ख़ून का दबाव तेज़ रहता था!

हस्पताल में
डॉक्टरों ने 'ऐप्रन' पहन के,
और पेट खोल के,
साफ़ कर के सारे ज़ख़्म, और दर्द को जड़ों से काट के
फिर से 'पैक' कर दिया
जिस्म का वो ख़ोल ला के हस्पताल से
चिता पे रख के, आग में जला दिया!

□□□

णाणं

पयासयं

वीर नि.सं. 2470

ई. सन् 1944

भारतीय ज्ञानपीठ